SIEH NICHTS BÖSES

ALPHA WÄCHTER, BUCH 1

KAYLA GABRIEL

Veröffentlicht von Kayla Gabriel als KSA Publishing Consultants, Inc.
Gabriel, Kayla: Sieh nichts Böses

Coverdesign: Kayla Gabriel
Foto/Bildnachweis: Depositphotos: VolodymyrBur; GraphicStock;
Fotolia.com: satyrenko

Anmerkung des Verlegers: Dieses Buch ist *ausschließlich für erwachsene Leser*
bestimmt. Sexuelle Aktivitäten, wie das Hintern versohlen, die in diesem
Buch vorkommen, sind reine Fantasien, die für Erwachsene gedacht sind
und die weder von der Autorin noch vom Herausgeber befürwortet oder
ermutigt werden.

SCHNAPP DIR EIN KOSTENLOSES BUCH!

MELDE DICH FÜR MEINEN NEWSLETTER AN UND ERFAHRE ALS ERSTE(R) VON NEUEN VERÖFFENTLICHUNGEN, KOSTENLOSEN BÜCHERN, RABATTAKTIONEN UND ANDEREN GEWINNSPIELEN.

kostenloseparanormaleromantik.com

KAPITEL EINS

Pere Mal

*D*ominic „Pere Mal" Malveaux stützte seine Ellbogen auf die wacklige Brüstung der Dachterrasse des Hotel Monteleone. Er kniff die Augen vor der hellen Frühlingssonne an diesem frühen Morgen zusammen, während er die Skyline New Orleans betrachtete. Jedes Mal, wenn er nachdenken musste, verließ er seine luxuriösen Zimmer im obersten Stockwerk des Monteleone und ging hinauf auf die Dachterrasse mit dem hoteleigenen Pool. Diese bot ihm Ruhe und Frieden, weit weg von seinen vielen Untergebenen und ihrer ständigen Unfähigkeit. Sie bot ihm ebenfalls eine fantastische Aussicht auf den Rest der Stadt und den Mississippi.

Auch heute war die Aussicht so spektakulär wie eh und je, doch seine Freude wurde von einer unbekannten Empfindung getrübt. Unsicherheit, vielleicht. Er stand kurz davor, das uralte Geheimnis aufzudecken, das der Voodoopriester

1

Baron Samedi hinterlassen hatte. Ein Rätsel, wenn man so wollte, das die Geheimnisse der Sieben Tore enthüllen sollte. Der schnellste Weg, um den Schleier zu entfernen, diese dünne Barriere zwischen dieser Welt und der nächsten. Die kürzeste Route zum Reich der Geister und dem Ort, zu dem Pere Mal unbedingt Zugang brauchte.

Seine glorreichen Kräfte mit denen der Geister seiner gefürchteten Vorfahren zu vereinen, wäre ein genialer Coup. Pere Mal war jetzt schon mächtig, aber wenn er erst einmal den Schleier zerstört und die zwei Welten zusammengeführt hatte, würde er unaufhaltsam sein. Le Medcin, dieser neugierige, gefährliche Drecksack, würde zu Pere Mals Füßen kriechen. Die Leute waren so naiv und hielten Le Medcins Lügen, dass er eine größere Macht repräsentierte, für die Wahrheit. Pere Mal hatte das auch einmal geglaubt.

Jetzt allerdings… wusste Pere Mal, dass Le Medcin eine verlogene Schlange war. Pere Mal würde ihn zu Fall bringen und zwar hart. Direkt nachdem er diese vermeintliche Priesterin in die Knie gezwungen hatte.

Pere Mals Fäuste ballten sich allein bei dem Gedanken an Mere Marie, wie sie sich heutzutage nannte. Dieses hochnäsige Miststück. Sie war ein Nichts gewesen, als Pere Mal sie gefunden hatte. Sie hatte blind die Regeln des Voodoo befolgt, ohne ein echtes Verständnis und ohne Wertschätzung der Kunst, die es bedarf, um helle und dunkle Magie im Gleichgewicht zu halten. Wenn „Onkel Dominic" sie nicht unter seine Fittiche genommen hätte, wo wäre die kleine Marie dann jetzt?

„Boss."

Pere Mal drehte sich um und entdeckte seine rechte Hand Landry, der über die verlassene Terrasse schritt. Verärgert blickte er zu ihm. Landrys Gestalt war das absolute Gegenteil von Pere Mal, was sie zu einem interessanten Paar machte. Landry war klein, kleiner als eins fünfundsechzig. Seine Haut hatte eine einzigartige Blässe, sodass er trotz seines offenkundigen afroamerikanischen Erbes fast so bleich wie ein Laken war, und er trug schlechtsitzende, ausgebeulte Anzüge. Wenn Pere Mal nicht darauf bestehen würde, dass er eine anständige Arbeitskleidung trug, würde Landry zweifellos nur zu Basketballshorts und Sneakers sowie zerschlissenen Saints Pullovern greifen. Neben der altehrwürdigen Anmut des großen, karamellfarbenen Pere Mal, der in einem Smoking steckte, stellte Landry genau das dar, was er war: einen fiesen Handlanger, der sich um die Drecksarbeit kümmerte und jeden von Pere Mals Befehlen sofort ausführte.

„Landry", sagte Pere Mal und bedachte seinen Ange-stellten mit einem finsteren Blick, der Landrys Schritte von hastig zu zögerlich drosselte. „Ich dachte, wir wären uns einig darüber, wie ihr euch zu verhalten habt, wenn ich hier oben auf dem Dach bin."

Landrys Mundwinkel verzogen sich nach unten, aber er näherte sich trotzdem.

„Ja, Monsieur", erwiderte Landry, wobei sein Franzö-sisch von seinem amerikanischen Unterklasse-Akzent ruiniert wurde. Natürlich erwartete Pere Mal nicht, dass jeder mit dem haitisch-kreolischen Akzent sprechen konnte, wie es Pere Mal und sein ehemaliger Schützling Mere Marie taten.

„Und dennoch", sagte Pere Mal und blickte über seine Nase auf ihn herab, „bist du hier."

„Wir haben die Hexe gefunden. Vielleicht. Glaube ich", erklärte Landry und stoppte einige Schritte entfernt von der Stelle, an der Pere Mal an der Brüstung lehnte. Landry trat ein paarmal von einem Fuß auf den anderen und wand sich unter Pere Mals Blick. „Ich nahm an, Sie würden das sofort wissen wollen."

„Lass uns nach drinnen gehen", schlug Pere Mal vor, stieß sich von der Brüstung ab und schritt in das Gebäude. „Ich möchte keinen Präzedenzfall schaffen, der dich auf die

3

Idee bringt, dass du meine Gedanken stören darfst, wann immer dir danach ist."

„Sir", erwiderte Landry mit einem erleichterten Nicken.

Sie folgten Landrys Weg zurück in das Hotel und Pere Mal führte sie zu einem Arrangement bequemer Sofas, die in einem winzigen Barbereich standen. An den Wochenenden steppte in der holzverkleideten Edelbar der Bär und es ging sehr laut zu. Doch jetzt war sie ruhig und leer. Perfekt für die Konversation, die nun folgen würde.

„In Ordnung. Erzähl mir, was ihr herausgefunden habt", verlangte Pere Mal, während er sich auf dem größten Sofa niederließ. Landry nahm den Sessel daneben und fummelte nervös an der scheußlich grünen Krawatte herum, die er trug.

„Warten Sie eine Sekunde", bat Landry. Er legte seine Hände um den Mund und brüllte: „Amos! Amos, bring das Mädchen!"

Landrys Lippen umspielte ein leichtes Grinsen, als einer seiner Untergebenen-Doppelgänger ein dürres Teenager-Mädchen in den Raum schleifte. Die Haut des Mädchens hatte die Farbe eines hellen Karamellbonbons, eine perfekte kreolische Mischung, und sie trug ein hautenges, modern geschnittenes blaues Kleid, das ihre honigfarbenen Augen betonte. Momentan schwammen diese Augen in Tränen, ihre langen Haare waren zerzaust und auf ihrem Gesicht zeigten sich zu gleichen Teilen Angst und Wut.

Pere Mal fand ihre Schönheit anziehend, aber ihre Tränen stießen ihn ab. Wenn er Menschlichkeit gewollt hätte, wäre er nie ein Voodoopriester eines so hohen Ranges geworden, hätte nie all die altehrwürdigen Geheimnisse studiert und nie die Worte rezitiert, durch die er sein menschliches Selbst abgelegt und seine Seele unsterblich gemacht hatte. Je weiter er sich von seinen sterblichen Anfängen entfernte, desto mehr widerten ihn die Menschen und ihre erbärmlichen Emotionen an. Die Tränen des

Mädchens, das selbstzufriedene Funkeln in Landrys Augen... Pere Mal unterdrückte ein gelangweiltes Seufzen.

„Hab sie beim Tanzen in einem Club in der Bourbon Street entdeckt. Sie hat eine große Klappe und hat mir erzählt, dass sie Energien lesen kann und ihre Mutter einen Laden am Le Marché hat", grunzte Amos. Er richtete seinen Blick auf das Mädchen und schüttelte sie heftig. „Erzähl ihm von der Lady, die deine Mom am Le Marché sieht."

„Ich werd dir nicht helfen", schnaubte das Mädchen höhnisch. „Du hast mich durch die ganze Stadt geschleift. Ich denk nicht, dass du für all die Privattänze zahlen wirst."

Landry räusperte sich.

„Genau in dieser Sekunde verfrachten meine Jungs deine Ma in den Kofferraum eines Vans", informierte er die junge Frau. „Du und deine Ma werden uns dabei helfen, diese Hexe zu finden oder ich werde euch beide töten."

Der Mund der jungen Frau öffnete und schloss sich mehrere Male wie der eines Fisches an Land.

„Andrea", forderte Amos sie auf und rüttelte wieder an ihrem Arm, „mach endlich das Maul auf."

„S-sie... Meine Momma sagte, dieses weiße Mädchen kommt ständig in ihren Laden und sucht nach Dingen, um zum Beispiel... ihre Magie weniger stark zu machen oder so was. Die Lady sieht Geister, schätze ich. Meine Momma sagte, die Lady hat einmal eine Botschaft von meinem Onkel ausgerichtet."

„Kann sie noch etwas anderes?", fragte Pere Mal neugierig.

„Ich weiß nicht", antwortete Andrea, deren Lippen sich kräuselten. „Ich war nicht einmal dort. Momma sagte nur, dass die Lady eine Idiotin ist, so ohne Schutz herumzuspazieren. Sie ist wirklich mächtig und so."

„Wie lautet der Name der Frau?", fragte Pere Mal, der das Gebaren des Mädchens geflissentlich ignorierte.

„Echo irgendwas. Echo…" Andrea kniff nachdenklich das Gesicht zusammen. „Cabba-irgendwas. Ich kann mich nicht genau erinnern. Caballero?"

„Und wie dämpft sie ihre Magie?", bohrte Pere Mal nach.

„Hexenblatt", mischte sich Amos ein, der sich diesbezüglich sehr sicher zu sein schien. „Man braut einen Tee daraus, der wirklich widerlich schmeckt. Aber er funktioniert. Tötet die eigenen Kräfte, macht einen unsichtbar für andere Kith."

Pere Mal kniff die Augen leicht zu, weil er sich fragte, woher dieser Lakai so viel über Kräuterkunde wusste. Er ließ das Thema ziehen, da sein Interesse daran nicht so groß war, als dass er nachfragen hätte wollen.

„In Ordnung. Sprich weiter", sagte er und schwenkte mit einer Hand in die Richtung des Mädchens.

„Was ist mit meiner Momma?", wollte sie mit lauter werdender Stimme wissen.

„Du wirst sie in wenigen Stunden unbeschädigt zurückerhalten. Sie wird uns dabei helfen, die Hexe zu finden", seufzte Pere Mal.

„Medium", korrigierte Amos ihn. Pere Mal warf ihm einen überraschten Blick zu, der schnell zu einem wütenden Funkeln wurde, woraufhin Amos sich schleunigst aus dem Staub machte und das Mädchen mit sich zerrte.

Pere Mal lief zu einem großen Fenster und musterte die Skyline, während er einen Plan ersann.

„Lass die Mutter in einer Kristallkugel nach der Hexe suchen", befahl Pere Mal. „Bring auch ihren Namen in Erfahrung. Spüre sie auf und folge ihr, bis sie an einem ruhigen Ort ist. Ich will sie spätestens bis morgen bei Sonnenuntergang."

„Wohin soll ich sie bringen?", fragte Landry.

Keines von Pere Mals Geschäften wurde hier im Hotel Monteleone vollzogen. Er betrachtete das Hotel als sein

Zuhause fern von seinem Zuhause und würde die Annehmlichkeiten seiner persönlichen Suite nicht aufs Spiel setzen. Nicht einmal für etwas so Wichtiges wie die Suche nach dem Mädchen. Allein der Gedanke daran, dem ersten der Drei Lichter gegenüberzustehen, formte Pere Mals Lippen zu etwas Ähnlichem wie einem Lächeln.

Nach einem Moment des Nachdenkens erwiderte Pere Mal: „Das Prytania House. Stell sicher, dass eine der Hexen einen Schutz über den Raum legt, um die Anwesenheit des Mädchens zu verschleiern und sie von einer Flucht abzuhalten."

„Ja, Monsieur", sagte Landry. Er begann sich abzuwenden.

„Landry", sprach Pere Mal ihn an, weshalb Landry innehielt.

„Ja, Sir?"

Pere Mal bedachte Landry mit einem ernsten Blick.

„Das ist wichtig. Mach es selbst. Es dürfen keinerlei Fehler passieren", befahl ihm Pere Mal.

Landry schluckte sichtbar und nickte dann ruckartig mit dem Kopf.

„Ja, Sir."

Pere Mal wandte sich ab und entließ Landry aus seiner Gegenwart. Sein Herz füllte sich mit etwas, das merkwürdig nah an Freude heranreichte. In nur wenigen Stunden würde die Hexe in seinen Fängen sein. Sie war der erste Schlüssel, um die Geheimnisse Baron Samedis aufzudecken und den Schleier zu entfernen.

Pere Mal konnte einfach nicht anders, als seine Hände in freudiger Erwartung aneinander zu reiben.

Bald.

KAPITEL ZWEI

Echo

*M*ittwoch, 10:00Uhr

„Es ist nicht so, dass ich es nicht verstehe", sagte Echo seufzend und verdrehte die Augen nach rechts, um den
verschwommenen Geist eines kreolischen Teenager-Jungen
zu betrachten, der mit besorgter Miene neben ihr schwebte.

„Aber Mistress", wand der Geist ein und wrang die
Hände, „denken Sie nicht, dass die Leute es erfahren sollten? Die ganze Stadt ist in Gefahr!"

Echo zögerte, weil sie nicht wusste, wie sie antworten
sollte. Das Problem bei einem Gespräch mit dem jungen
Aldous lag darin, dass er wie die meisten Geister über kein
Kontextwissen verfügte. Wenn ein Geist erst einmal den
Schleier passierte und in die nächste Welt überging, spürte

er den Verlauf der Zeit nicht länger. Genauso wenig war er sich bewusst, dass die Welt sich ohne ihn weiterdrehte. Geister erschienen im Reich der Menschen, wenn etwas sie dort verankerte und davon abhielten weiter ins nächste Reich zu gehen, das vor ihnen lag.

Obwohl sie verankert waren, existierten Geister nur als Bruchteil einer Erinnerung, ein winziges Stück einer menschlichen Seele, die in der Zeit feststeckte und nur aufgrund der einzigen Informationen und Verständnis handelte, über die sie verfügten: die genauen Umstände ihres Todes.

Das machte sie, Echos Meinung nach, nicht gerade zu einer guten Gesellschaft. Vor allem dann, wenn der Geist zufällig einst ein Bautechniker war, wie Aldous, dessen gesamte Aufmerksamkeit auf das Hochwasser gerichtet war, das die Bevölkerung stark dezimieren würde und hatte... 1908.

„Aldous, wenn ich verspreche, noch heute zum Rathaus zu gehen und mit dem Bürgermeister persönlich zu reden, wirst du mich dann meinen Geschäften nachgehen lassen?", fragte Echo.

Aldous stimmte mit einem schwermütigen und geister-haften Nicken zu, ehe er vor ihren Augen verblasste und verschwand. Echo atmete schwer aus, während sie das Faubourg Marigny betrat und nach der richtigen Stelle Ausschau hielt, um den Graumarkt zu betreten. Manchmal auch als Le Bon Marche oder Voodoo-Markt bezeichnet, stellte der Graumarkt ein großes Netzwerk an Geschäften dar, die diejenigen bedienten, die alle möglichen Magiearten praktizierten, sowie an alle anderen Kith, die... nun, irgend-etwas benötigten.

Der Trick, den Graumarkt zu betreten, bestand darin, dass es zu jedem Zeitpunkt zwischen einem Dutzend und einhundert Eingänge und Ausgänge gab, von denen jeder zu einem einzigartigen und oft willkürlichen Ort am Graumarkt führte. Der Markt war vergleichbar mit einer Pie-Backform, die mit Perlen gefüllt war, von denen jede mit ihrem Nachbarn durch ein Labyrinth an miteinander verknüpften Fäden verbunden war. Die Perlen bestanden aus Zauberspruchbücherläden, Kräuterapotheken, exotischen Bordellen und jeder anderen Art von dunklem, staubigem, nervenaufreibendem Laden.

Die Eingänge und Ausgänge des Graumarktes waren vor den Blicken der Menschen raffiniert verborgen. Manche waren schlichte Türen, durch die man hindurchlief und die scheinbar in ein Haus oder Bar führten. Ein Mensch würde durch diese Tür in einen Lebensmittelladen oder die Lobby eines Apartmentkomplexes treten. Ein Mitglied der Kith würde hingegen den einzigartigen Zugangssatz des Portals herausfinden und laut aussprechen, wodurch es Zugang zum Markt erhielt.

Echo schlenderte die Chartres Street hinab und suchte nach nichts und etwas zugleich. Das hieß, sie suchte nicht nach etwas Besonderem, sondern stattdessen nach etwas, das leicht merkwürdig oder fehl am Platz wirkte und von einem Hauch Magie umgeben war…

Echo entdeckte eine funkelnagelneue *BellSouth* Telefonzelle, die leicht versteckt neben einem verwitterten „Shotgun-Haus" stand. Dessen Zimmer waren in einer geraden Linie angeordnet, sodass man von der Eingangstür direkt bis in den hinteren Garten schauen beziehungsweise schießen konnte, woher auch der Name stammte. Da 2015 war, ging Echo davon aus, dass man neue Telefonzellen heutzutage nicht mehr unbedingt an jeder Straßenecke fand. Sie joggte zu der Telefonzelle, öffnete die Tür und schluckte den Kloß in ihrer Kehle hinunter, als sie hineintrat.

Sie reiste mühelos zum Graumarkt, indem sie aus der Telefonzelle auf eine zwielichtige Gasse trat. Sie sah sich um und lief durch die Gasse, um sich anschließend auf einer der Hauptstraßen des Marktes wiederzufinden, der Carré

Rouge. Dieser Bereich des Marktes wurde stets auf magische Weise von Mondlicht erhellt, da er hauptsächlich Vampire bediente, die auf der Suche nach Blutbanken, lebenden Spendern oder Bordellen waren… oder irgendeiner Kombination aus diesen Dingen. Der Rest des Marktes schien von einer unbestimmten Quelle in eine Art schwaches Dämmerlicht getaucht zu werden. In der Carré Rouge war es sogar noch dunkler.

Und gruseliger, wenn man Echo fragte.

Echo erschauderte und eilte rasch aus der Carré Rouge, wobei sie den Atem anhielt, bis sie auf den Marktplatz trat. Ein Wirrwarr aus Anblicken, Lauten und Gerüchen verwirrte ihr die Sinne, als sie anhielt, um den großen Markt zu betrachten. Auf dem Marktplatz gab es an die dreihundert Stände, die sich in unregelmäßigen Reihen auf dem Platz drängten. Die Verkäufer boten kleinere Gegenstände feil, alles von kandierten Äpfeln, die mit Liebeszaubern versehen waren, bis hin zu preiswerten fertiggebrauten Tränken, billigen Zauberstäben und Kristallkugeln für Wahrsager. Auf dem Marktplatz wurde mit Plunder gehandelt. Erfahrenere Praktiker der Künste kauften ihre Güter hinter den Ständen bei den Dutzend Querstraßen, in denen sich die Einzelhändler befanden.

Echo ließ die Stände links liegen und ging direkt zur anderen Seite des Marktes. Auf ihrem Weg zu *Robichaux's Kräuter und Tränke* musterte sie ihre Umgebung. Es war ruhig auf dem Markt. Früher Morgen in der Welt der Menschen bedeutete, dass viele Kith noch schliefen, weil sie das Sonnenlicht mieden oder sich erholten, da sie lange aufgeblieben waren. Nach Mitternacht ging es auf dem Markt am geschäftigsten zu, weshalb viele Läden und Stände vor Mittag erst gar nicht öffneten, manche sogar noch später.

Sie drückte die Eingangstür auf und lächelte über das vertraute Bimmeln der Glocke, die Miss Natalie auf die Anwesenheit eines Besuchers aufmerksam machte. Echo war überrascht, den Laden leer vorzufinden. Sie hatte den Laden noch nie betreten, ohne sofort die ältere Kräuterverkäuferin zu erblicken, die mit einem Lächeln und dem neuesten Kith Tratsch auf sie wartete.

Echo schloss die Tür und schaute eine Minute zu dem unbesetzten Tisch, dann zuckte sie mit den Achseln. Der Kassentisch stand mittig vor der hinteren Ladenwand und wurde zu beiden Seiten von drei Reihen weißer, hoch aufragender Holzbücherregale flankiert. Jeder Gang beinhaltete Regale voller Pflanzen, die nach Gattung und Zweck gruppiert waren. Die lebenden Exemplare wuchsen unter gewölbten Glasglocken, wohingegen die getrockneten und zu Puder verarbeiteten Produkte in Gefäßen jeder Art und Form aufbewahrt wurden. Obwohl die Sammlung etwas überwältigend war, waren die Behälter fein säuberlich beschriftet und organisiert.

Echo fand sofort, wonach sie suchte, schraubte den Deckel des Einweckglases ab und nutze die Zange darin, um einige Blätter herauszufischen. Anschließend ließ sie die Blätter in eine kleine Plastiktüte fallen, die sie in ihrer Handtasche mitgebracht hatte. Die Blätter, die sie hier kaufte, verdarben nach weniger als einer Woche, weshalb sie diese Besorgung recht häufig machte.

„Kann ich Ihnen helfen, Miss?"

Echo Caballero wirbelte herum, wobei sie beinahe mehrere der Gefäße auf dem gegenüberliegenden Regal umwarf, die alle verschiedene Arten von getrockneten Fröschen und Molchen zu enthalten schienen. Sie legte den Kopf schief und schaute zu dem Mann, der am anderen Ende des Ganges stand und ihren Ausgang blockierte. Er wirkte hier völlig fehl am Platz. Zum einen trug er einen ausgebeulten, dunklen Anzug. Das war nicht gerade die übliche Kleidung der Hexer, Priesterinnen und Kith-Käufer, die den Graumarkt frequentierten. Zum anderen war der Mann nicht Natalie Robichaux, die Ladenbesitzerin.

„Ähhh, ich brauche nur etwas Hexenblatt", erzählte Echo stirnrunzelnd. Sie hielt das Tütchen hoch, um ihm zu zeigen, dass sie es bereits gefunden hatte.

„Richtig, richtig", sagte der Mann. Er machte mit nachdenklicher Miene einen Schritt auf sie zu, die Hände hinter dem Rücken verschränkt.

„Wo ist Miss Natalie?", wollte Echo wissen, deren Mund trocken wurde. Irgendetwas stimmte hier nicht.

„Sie ist nach draußen gegangen", erklärte der Mann, ohne zu zögern. „Ich bin Amos, ihr… Neffe."

Echo bewahrte eine neutrale Miene, aber am liebsten hätte sie gelacht. Miss Natalie war Kongolesin und ihre Haut so dunkel wie der Mitternachtshimmel. Dieser Mann sprach in einem hiesigen Dialekt und seine Haut war zwar olivfarben, aber ganz bestimmt kaukasischer Herkunft. Die Wahrscheinlichkeit, dass er durch Blut mit Miss Natalie verwandt war, war äußerst gering.

Dennoch zögerte sie, weil sie keine voreiligen Schlüsse ziehen und in ein Fettnäpfchen treten wollte.

„Ich verstehe. Können Sie meinen Einkauf abwickeln? Ich müsste dann wieder los", sagte Echo.

„Selbstverständlich", erwiderte er, trat einige Schritte nach hinten und bedeutete Echo mit einer Hand, sie solle an ihm vorbeigehen.

Echos Herz sprang ihr in die Brust, als eine bleiche Gestalt neben dem fremden Mann erschien. Ein sehr junges ehemaliges Sklavenmädchen, dem Echo schon mal im Laden begegnet war. Ada lautete der Name des Mädchens, wenn sich Echo richtig erinnerte. Es war eine Weile her, seit Ada ihr zuletzt erschienen war. Ada schüttelte verdrossen den Kopf, wobei ihre dunklen Zöpfe hüpften. Sie stemmte ihre Fäuste in die Hüften und warf Echo einen strengen Blick zu.

„Böser, böser Mann", verkündete Ada und ließ ihre

Augen nach links zu dem Fremden schweifen. „Er nimmt Geld. Er ist kein Neffe oder irgendjemand, Ma'am."

Echo biss auf ihre Lippe. Der Fremde warf ihr einen ungeduldigen Blick zu, denn er konnte den Geist direkt neben sich nicht sehen. Das war ein perfektes Beispiel für Echos gesamtes Leben: sie hörte Dinge, die die meisten Menschen nicht hören konnten, und wirkte dabei wie eine Verrückte. Normalerweise versuchten die Geister allerdings nicht, Echos Leben zu retten. Normalerweise versuchten sie nur, mit ihr über ihre längst verstorbenen Verwandten zu reden, während sie mit der Straßenbahn fuhr, oder sie baten sie, sich um ihre ebenfalls toten Haustiere zu kümmern, während sie im French Quarter ihrem Job als Verkäuferin nachging und bereits eine ungeduldige Schlange an Kunden fast bis zur Tür stand.

„Wenn ich nochmal darüber nachdenke...", sagte Echo. „Denken Sie, Sie könnten mich rüber zur, äh... Wolfswurz bringen? Auf der anderen Seite? Ich brauche sie für einen Zauberspruch, aber bin mir nicht sicher, wonach genau ich suche."

Echo deutete mit der Hand und betete, der Kerl möge ihre Lüge nicht durchschauen. Er hielt inne, dann zuckte er mit den Achseln. Er drehte sich um und lief zur anderen Ladenseite. Daraufhin stürzte Echo davon und ließ im Rennen die Tüte mit den Kräutern fallen.

Sie war aus der Tür, bevor der Mann auch nur bemerkte, dass sie geflohen war. Doch im Nu folgte er ihr dicht auf den Fersen.

„Hilfe", schrie Echo. Ihr Schrei hallte von der fast verlassenen Straße wider.

Eine grauhaarige, alte Frau drehte sich, um zu ihr zu schauen. Ihr dunkler Mantel blähte sich, als sie sich auf ihrem Gehstock nach vorne beugte und dabei fast vornüberfiel. Das alte Weib zog einen silbernen Zauberstab aus ihrem Mantel, aber es war zu spät. Der Fremde im Anzug packte Echos Ellbogen und riss sie von der Straße in eine Gasse und direkt zu einer geschlossenen Tür.

Allerdings war es natürlich keine Tür. Es war einfach nur einer der vielen Überraschungsausgänge des Marktes und Echos Angreifer schubste sie durch das Portal in die helle New Orleans Sonne. Sie ließ ihren Kopf herumschnellen und fand sich selbst auf der Türschwelle eines melonenfarbenen Shotgun-Hauses wider. Ihr Angreifer folgte und Echo rannte die Stufen hinab, wobei sie verzweifelt nach irgendeiner Art von Hilfe Ausschau hielt.

Auf der gegenüberliegenden Straßenseite rannten drei gigantische Männer direkt auf sie zu. Ihr Gehirn erfasste die kleinen Bruchstücke der Szene und setzte sie langsam zusammen: ein mürrisch dreinschauender blonder Mann, ein dunkelhaariger Kerl mit einer besorgten Miene, die Tatsache, dass alle drei Männer Waffen bei sich führten. Nicht einfach nur Waffen, sondern Pistolen *und* Schwerter. Tatsächlich waren sie auch in einen Kampfanzug gekleidet wie eine Art SWAT-Team.

Echos Gedanken stolperten über dieses letzte Detail und sie bemerkte, dass der letzte Mann gerade nach seinem Schwert griff. Erst da sah sie ihn an und konzentrierte sich ausschließlich auf ihn. Rotbraunes Haar, ein umwerfender roter Bart, breite Schultern und…

Gott, das mussten die grünsten Augen der Welt sein. So lebhaft wie ein Dschungel, so hell wie smaragdfarbene Feuer bohrten sich diese Augen in ihre. Ihr Gehirn erlitt einen Kurzschluss, wurde von dem Gefühl einer Verbindung überrumpelt und überwältigt von dem Verlangen, ihm *näher* zu sein…

Als ihr Gehirn aussetzte, taten das auch Echos Füße. Ihr Verfolger, der Mann im dunklen Anzug, den sie vorübergehend vergessen hatte, fing sie in der nächsten Sekunde auf. Er schlang von hinten seine Arme um sie, drückte sie fest an sich und dann verschwand die ganze Welt.

„Was zum Donnerwetter…", schimpfte Echo vor sich hin. Ihr Angreifer stieß sie von sich und sie hatte einen Moment, um ihre Umgebung zu betrachten.

Sie stand an einem äußerst abgelegenen schwarzen Sandstrand und starrte über viele Meter ununterbrochene Küste. Es sah aus wie der Strand in Hawaii, den sie einmal auf National Geographic gesehen hatte, doch die Luft hier war kalt. Feucht und salzig, aber es mangelte definitiv an Wärme. Echo sah hoch und stellte fest, dass am Himmel keine Sonne stand, sondern nur ein vages Licht von oben herabschien. Das war typisch für Kith-Konstrukte, genauso wie das diesige Dämmerlicht des Marktes.

Das war also eine Art Schlupfwinkel, ein Versteck, das aus einer Tasche zwischen den Welten geschaffen worden war, irgendwo und nirgendwo gleichzeitig. Sie hatte von ihnen gehört, aber nie einen besucht.

Das Geräusch einer Pistole, die entsichert wurde, ließ sie zusammenzucken. Echo schluckte und drehte den Kopf, um zu ihrem Angreifer zu schauen, der schwer atmete und ziemlich verärgert wirkte.

„Warum bin ich hier?", fragte sie.

„Halt's Maul. Gib mir deine Handtasche", befahl er und krümmte auffordernd die Finger. „Du hast nicht noch mehr von diesem Kräuter Mist bei dir, oder?"

Echo runzelte die Stirn und reichte ihm ihre Handtasche. Ihr wurde ganz schlecht, als sie ihn dabei beobachtete, wie er sie durchwühlte. Er beschlagnahmte ihr Schweizer Taschenmesser und untersuchte den alten Handspiegel, den Echo mit sich herumtrug, vielleicht weil er einen Hauch von Magie an dem Spiegel wahrnahm. Er musterte sie ein weiteres Mal und ließ dann den Spiegel wieder in ihre Handtasche fallen. Anschließend schleuderte er sie einige Meter entfernt auf den Boden.

„Du kannst es dir genauso gut bequem machen", schlug er vor. „Es könnte eine Weile dauern."

„Was könnte eine Weile dauern?", wollte Echo wissen, deren Frust zunahm, obwohl ihr Puls wie verrückt hämmerte.

„Das wirst du schon noch sehen."

Sie standen gefühlte Ewigkeiten an dem Strand. Um ihre Langweile und Anspannung zu zerstreuen, betrachtete Echo die eigentümlich simulierte Landschaft. Gerade, als sie dachte, sie würde vielleicht für immer auf einer Insel festsitzen, tauchten ein paar Männer in Anzügen mit einem deutlich vernehmbaren *Plopp* in ihrem Sichtfeld auf. Einer war fast identisch mit ihrem Angreifer, der gleiche schwarze Anzug und fahle Teint. Der andere jedoch...

Der andere Mann war riesig, über zwei Meter groß. Er verfügte über das stattliche Aussehen eines Hispanos mit einer karamellfarbenen Haut und dunklen Haaren, das mit einem furchterregenden weißen Grinsen einherging. Er trug einen perfekt gearbeiteten Smoking, der sehr gut zu seiner gigantischen Statur passte. Er richtete seinen Blick auf sie und ihr Mund klappte auf, als sie sah, dass seine Augen orange waren.

Nicht haselnussfarben in einem wärmeren Farbton. Ein richtiges Orange wie zwei Feuerbälle, die dort schwebten, wo eigentlich Augäpfel sein sollten. Echo verspürte den plötzlichen Drang, die Flucht zu ergreifen und sich gleichzeitig zu übergeben, aber ihr idiotisches Gehirn unternahm rein gar nichts.

„Boss", sagte ihr Angreifer, der den Neuankömmlingen seine Aufmerksamkeit gewidmet hatte.

Echo flippte für einen Augenblick aus und ließ sich von ihrer Panik überwältigen. Ihre Hand schnellte nach vorne, um die Pistole aus der Hand ihres Angreifers zu schlagen, womit sie die Gruppe völlig überraschte. Sie stürzte sich auf ihre Handtasche und es gelang ihr sogar sich flach auf ihre Tasche zu werfen, während sie ihren Handspiegel herausfischte.

„Zurück", flüsterte sie, während sie ihre Finger auf die Spiegeloberfläche presste und ihre Augen schloss.

Mehrere lange Herzschläge brachte sie es nicht über sich, nachzuschauen. Sie nutzte nur selten Zaubersprüche. Tatsächlich nutzte sie nur selten irgendeine Form der Magie. Es war gut möglich, dass ihre gemurmelte Bitte überhaupt nichts bewirkt hatte.

Sie bewegte sich leicht und bemerkte, dass sie nicht mehr im Sand lag. Im Gegenteil, sie stand sogar aufrecht und die schwüle Luft, die an ihrer Haut klebte, wies darauf hin, dass sie wieder in New Orleans war. Sie öffnete ganz langsam ihre Augen und sah sich demselben Mann gegenüber, den sie vorhin schon bemerkt hatte. Ihre Augen verloren sich in diesem tiefen smaragdgrünen Meer...

Ohne zu wissen, was sie da eigentlich tat, warf sich Echo in die Arme des Fremden und brach in Tränen aus.

KAPITEL DREI

Rhys

*M*ittwoch, 10:00Uhr

„Ha! Jetzt hab ich dich, du rotbärtiger Bastard!"

Rhys Macaulay grunzte, während er das Heft seines Langschwertes fester packte. Seine Lippe zog sich zurück, sodass er die Zähne bleckte, als seine Finger den Bruchteil eines Zentimeters verrutschen. Seinem Sparringpartner entging das natürlich nicht. Gabriel kreiste nach links, wobei seine Sneakers bei jeder Bewegung auf dem Gummiboden des Fitnessraums des Herrenhauses quietschten. Rhys veränderte seinen Griff erneut, aber es war vergebens. Er und Gabriel übten bereits seit fast zwei Stunden und Rhys' Hände waren schweißnass.

„Du trocknest deine Hände mit Magie, du englischer

Scheißkerl", beschuldigte Rhys ihn, dessen Wut seinen schottischen Akzent dermaßen verstärkte, dass er ihn selbst heraushören konnte.

„Ich dachte, du hättest gesagt, im Kampf gäbe es keine Regeln", konterte Gabriel, dessen vornehmer Londoner Akzent an Rhys' Nerven zerrte. „*'Streu ihnen Sand in die Augen'*, hast du gesagt, *'Wenn sich die Gelegenheit ergibt, tritt einen Mann, solange er unten ist'.*"

Rhys schnaubte über Gabriels Imitation seines schottischen Dialekts.

„So klinge ich nicht", widersprach Rhys.

Gabriel wählte diesen Moment für seinen Angriff, indem er einen cleveren Schlag ausführte, um Rhys das Schwert aus der Hand zu schlagen, während er auf Rhys' ungeschützte Rippen zielte. Gabriel stoppte seinen Schwertschwung einen Zentimeter entfernt von Rhys' Haut, was an sich schon eine beeindruckende Leistung war. Rhys hatte sich in den ersten Monaten ihres Trainings zu genau diesem Zweck viel Mühe damit gegeben, Gabriel streng zu unterrichten. Es war vergebene Liebesmühe, jemanden zu trainieren, der nicht einmal die Kontrolle besaß, seinen Lehrer nicht zu verletzen.

„Ich würde das als Sieg verbuchen, was meinst du?" Gabriel bedachte Rhys mit einem selbstgefälligen Grinsen. Anschließend trat er einen Schritt zurück, senkte sein Schwert und fuhr sich durch seine dunklen, schweißnassen Locken. Gabriel hatte es weit gebracht, seit sie alle im Herrenhaus angekommen waren. Nach einigen Monaten intensiver täglicher Workouts war seine Figur sehr viel kompakter geworden. Er war jetzt fast so breit und muskulös wie Rhys, aber etwas schlanker, was Gabriel eine zusätzliche Dosis Anmut verlieh.

„Halt verdammt nochmal den Rand, Schönling."

Rhys rollte mit den Augen und tat so, als würde er den Kampf beenden. In der Sekunde, in der Gabriels Aufmerksamkeit nachließ, stürzte sich Rhys auf ihn und schon befand sich sein Schwert nur eine Haaresbreite von Gabriels Hals entfernt. Er zwang Gabriel auf die Knie und dazu, sein Schwert fallen zu lassen, während seine Augen boshaft funkelten.

„Ich gebe auf", zischte Gabriel.

Rhys zog sein Schwert zurück und grinste und nach einem Moment ließ Gabriel ein verärgertes Glucksen verlauten.

„Du kannst es wirklich nicht ertragen zu verlieren, oder?", fragte Gabriel und ergriff Rhys' dargebotene Hand.

„Das ist es nicht, Gabriel. Ich will, dass du verstehst, dass außerhalb dieses sicheren kleinen Kokons", erklärte Rhys und drehte einen Finger im Kreis, um auf das Herrenhaus hinzuweisen, „die Leute nicht fair kämpfen. Sie kämpfen schmutzig, weil sie dadurch gewinnen. Wenn sie dich auf irgendeine Weise bewegungsunfähig machen können, dann haben sie gewonnen. Sie spucken auf Ehre."

Gabriels Lippen kräuselten sich noch einmal und er zuckte mit den Schultern.

„Bald", prophezeite er Rhys und deutete mit einem Finger auf ihn. „Wir trainieren mittlerweile ein Jahr zusammen. Letzte Woche habe ich Aeric geschlagen und du bist der Nächste."

„In deinen Träumen, Junge", sagte Rhys, lief zur Wand und hängte sein Übungsschwert an die dortige Halterung.

Gabriel folgte seinem Beispiel und warf Rhys einen skeptischen Blick zu.

„Ich bin nur vier Jahre jünger als du", merkte Gabriel an.

„Ja und unser Leben, bevor wir Wächter wurden, hätte nicht unterschiedlicher sein können", entgegnete Rhys achselzuckend. „Ich wurde als der erstgeborene Sohn eines Highland-Clanführers großgezogen. Von jungen Jahren an lastete eine große Verantwortung auf mir. Mit sieben Jahren war ich täglich auf dem Trainingsplatz, mit zwölf Jahren trainierte ich andere, mit zweiundzwanzig Jahren kämpfte ich für den König. Ich wusste immer, dass ich…"

Rhys brach mitten im Satz ab. *Mein Volk regieren würde*, hatte ihm auf der Zungenspitze gelegen, aber er konnte die Worte nicht aussprechen. Sein Kiefer verspannte sich, als er zum vielleicht tausendsten Mal im vergangenen Jahr darüber nachdachte, dass er in Wahrheit nie wieder irgendjemanden regieren würde. Er hatte dieses Recht in der Sekunde geopfert, in der er einen Deal mit Mere Marie eingegangen war.

„Rhys… wir haben nicht mehr 1764", erinnerte Gabriel ihn und warf ihm einen halb mitleidigen Blick zu, bei dem sich Rhys' Magen verknotete. „Wir befinden uns im Jahr 2015 und du musst dich an die Tatsache gewöhnen, dass du jetzt ein Wächter bist. Eine einfache Arbeitsbiene in Mere Maries kleinem Bienenstock, der New Orleans beschützt. Es ist ja auch nicht so, als wärst du der Einzige, den sie einige hundert Jahre in der Zeit nach vorne befördert hat, damit er Soldat spielt."

Rhys' Kiefer mahlte bei Gabriels lässigem Tonfall. Es stimmte wohl, dass Rhys seinen Clan aufgegeben und sein Recht zu Regieren gegen Mere Maries Versprechen eingetauscht hatte, dass sein Volk überleben und trotz zahlreicher Bedrohungen gedeihen würde. Das hieß aber nicht, dass Rhys sein ganzes vorheriges Leben vergessen oder so tun müsste, als würde er seine Entscheidung nicht betrauern. Rhys und Gabriel hatten exakt diese Diskussion im Verlauf des vergangenen Jahres mehrmals geführt, sowie die Macken und Schwächen des anderen kennengelernt, während sie daran gearbeitet hatten, zu einer geeinten Kampfeinheit zu werden.

Der dritte Wächter in ihrem Team… tja, er war ein großartiger Kämpfer, aber er war auch um einiges weniger freundlich. Für Rhys war Aeric, der Wikingerkrieger, der irgendwie in ihrer Gruppe gelandet war, immer noch eine Art Rätsel.

„Ich bin am Verhungern", verkündete Gabriel, womit er Rhys aus seinen Gedanken riss. Rhys glaubte, dass Gabriel wahrscheinlich das Thema wechselte, um Rhys ungesunden Gedankengang zu unterbrechen. Rhys wusste, dass Gabriel dies wegen ihrer neuentdeckten Freundschaft tat. Die zwei Männer hatten im vergangenen Jahr zu einer Art still-schweigender Übereinkunft gefunden, anders als mit Aeric. Aeric war immer noch distanziert und blieb meist für sich.

„Na schön", sagte Rhys und wischte sich über die Stirn. „Ich habe gesehen, wie Duverjay einige Sandwiches zube-reitet hat, als wir auf dem Weg hierher waren."

Gabriel und Rhys verließen den Fitnessraum und liefen nach draußen über die große Grünfläche, die den wenig genutzten Garten des Herrenhauses darstellte. Sie betraten das Haupthaus und passierten das Wohnzimmer, um statt-dessen direkt in die Küche zu laufen, wo der Butler des Herrenhauses, Duverjay, mehrere Gatorades auf einer Schale mit Eiswürfeln drapierte. Der kleine Kreole war am ersten Tag nach Rhys Ankunft im Herrenhaus erschienen, bereit, sich um ihre Bedürfnisse zu kümmern. Rhys war sich allerdings ziemlich sicher, dass Duverjay außerdem Mere Marie jede einzelne ihrer Bewegungen meldete.

„Ah, Duverjay, du weißt wirklich immer, was ich möch-te", foppte Gabriel ihn. Duverjay zog eine Braue hoch, aber reagierte ansonsten nicht. Der Mann war ein Butler der klassischen Schule und würde genauso wenig auf Gabriels Geplänkel eingehen, wie er einen Arbeitstag in Flipflops beginnen würde.

Die Wächter triezten Duverjay gnadenlos wegen seines makellosen schwarzen Anzugs und dem weißen Hemd, das er jeden Tag trug. Der Butler wich nie von seiner selbst ausgewählten Uniform ab, was ihn jedoch nicht davon abhielt, jedes Mal missbilligende Blicke auf die Wächter abzuschießen, wenn sie nach einem langen Tag des Trainings in Sportshorts und Sneakers im Haus herumlümmelten.

Die Wächter waren von Mere Marie gegründet worden mit der speziellen Absicht, die Stadt New Orleans vor der zunehmenden Bedrohung durch böse Kräfte zu beschützen, insbesondere einer aalglatten, zwielichtigen Gestalt auch bekannt als Pere Mal. Daher verbrachten sie den Großteil ihrer Zeit damit, die Straßen der Stadt zu patrouillieren. Im Allgemeinen überwachten sie das Treiben der Kith, was die Bezeichnung für die paranormale Gemeinschaft war. Sie konnten jedoch auch gerufen werden, um Menschen zu helfen, falls das Anliegen dringend genug war. Wenn sie nicht auf Patrouille waren, fochten die Wächter Übungskämpfe miteinander aus oder übten sich im Waffengebrauch, was üblicherweise in der Form von Schießtraining mit Handfeuerwaffen oder einer Armbrust vollzogen wurde.

Der Butler hatte es sich zur Aufgabe gemacht, einen frischen Anzug und Krawatte gebügelt und griffbereit in dem Schlafzimmer eines jeden Wächters zu deponieren. Als ob Rhys jeden Moment seine Jeans wegwerfen und seine Stiefel in die Ecke treten würde, um stattdessen in Kleider zu schlüpfen, die einer Abendgarderobe nahekamen. Von all den modernen Annehmlichkeiten mochte Rhys die anschmiegsamen Jeans und schnellen Autos am meisten.

Auch wenn Rhys mit seinem alten Leben eine Menge hinter sich gelassen hatte, hatte er gewisse Teile dieses neuen Lebens schätzen gelernt. 2015 trumpfte beispielsweise mit einem ungeheuren Reichtum erlesener Weine und Whiskys auf. Die Bandbreite an Kleidungsstilen war verblüffend groß, obwohl Duverjay den Großteil der Einkäufe für die Wächter übernahm. Der Mann hatte wirklich ein Auge für die Passform eines Kleidungsstückes.

Das Essen hatte ebenfalls etwas für sich, da es eine augenöffnende Vielzahl an Auswahlmöglichkeiten gab, die jede Art Wild oder Federvieh umfasste, die Rhys jemals gekannt hatte, multipliziert um eintausend. Rhys liebte nichts mehr als ein Stück gebratenen Lachses, Fingerling-Kartoffeln und einen frischen Blattsalat. Üblicherweise wurde diese Mahlzeit mit einem Glas Port oder Scotch beendet, auch wenn er seinen Alkoholkonsum stark einschränkte.

Rhys Magen knurrte und er registrierte, dass er von Lachs träumte, weil er durch das Training mit Gabriel einen großen Appetit entwickelt hatte. Zum Teufel mit dem Mann, aber der andere Wächter war mit dem Schwert mittlerweile fast so gut wie Rhys und Rhys musste sich um einiges mehr anstrengen, um sie beide auf Trab zu halten.

„Essen?", fragte Rhys den Butler.

„Gentlemen", sagte Duverjay mit einer leichten Verbeugung. „Im Foyer wartet eine sehr aufgebrachte junge Dame auf Sie. Sie sollten sich vielleicht erst um sie kümmern, bevor Sie speisen."

Rhys warf Duverjay einen neugierigen Blick zu und ging dann zur Eingangshalle. Eine hellhäutige junge Frau wartete dort und wrang die Hände. Sie trug ein königsblaues Kleid, das sich an ihre Kurven schmiegte. Gepaart mit himmelhohen weißen High Heels stand ihr Outfit in einem heftigen Kontrast zu ihrer elenden Miene.

Duverjay stellte sich zwischen das Mädchen und Rhys und legte ihr eine tröstende Hand auf den Arm. Rhys bemerkte, dass sich Gabriel zurückfallen ließ. Anscheinend war er damit zufrieden, den Austausch vorerst nur zu beobachten.

„Das ist Andrea", stellte Duverjay das Mädchen vor und schenkte ihr ein mitfühlendes, freundliches Lächeln. „Ihre Mutter steckt in Schwierigkeiten. Ist es nicht so, Andrea?"

Die junge Frau nickte, wobei ihre Unterlippe zitterte. Rhys war völlig erstaunt, dass sich Duverjay aktiv darum bemühte, sie zu trösten. Duverjay zeigte nur selten irgendwelche sichtbaren Emotionen und Rhys hatte noch nie erlebt, dass der Butler irgendeine Art von Mitgefühl ausgedrückt hatte.

„Dieser Mann, Pere Mal, hat meine Momma geholt", schluchzte Andrea. „Sie hat nichts Falsches gemacht. Der Mann kann sie doch nicht einfach so entführen, nur weil sie am Le Marchè arbeitet. Oder?"

Mere Marie, die launische Arbeitgeberin der Wächter, schritt eine der zwei großen Treppen hinab, die die Eingangshalle flankierten. Rhys hatte gar nicht bemerkt, dass sie zugehört hatte. Sie war eine zierliche Frau von vielleicht sechzig Jahren. Rhys wusste jedoch, dass Mere Marie mindestens vier oder fünf Mal so alt war wie sie aussah. Ihre Hautfarbe war typisch für eine kreolische Frau und erinnerte an Milchkaffee, doch ihre glatten grau melierten Haare und französisch angehauchter New Orleans Dialekt wiesen auf ein weitreichenderes gemischtes Erbe hin: haitisch, kreolisch und kaukasisch, vielleicht sogar etwas spanisch.

Wie immer war Mere Marie in eine fließende Baumwollrobe gekleidet. Heute trug sie ein zartes Gelb und hatte die Ärmel zu ihren Ellbogen hochgerollt. Rhys roch einen Hauch von Anis und bitteren Kräutern, wobei der Kräutergeruch stärker wurde, je näher sie kam. Ihre Finger und Unterarme waren mit grünen und gelben Flecken übersät, was darauf hindeutete, dass sie in ihrem Apothekenraum gearbeitet und kleine Säckchen hergestellt hatte, die sie *Gris-Gris* nannte.

Für eine Voodoopriesterin zu arbeiten, wurde niemals langweilig, so viel stand fest. Rhys rückte ein Stückchen weg von dem überwältigenden Lakritzgeruch, der Mere Marie umwehte, und wartete darauf zu hören, was sie dazu zu sagen hatte, dass der Butler Fremde in das Herrenhaus gebracht hatte.

„Ah, Duverjay, wie ich sehe bringst du deine Familie

jetzt schon mit zur Arbeit", stellte Mere Marie mit hochgezogener Augenbraue fest.

Rhys blickte zu Duverjay und Andrea und plötzlich war es ganz offensichtlich, dass sie verwandt waren. Sie hatten ähnliche Nasen und die gleichen schokoladebraunen Augen. Duverjay starrte Rhys und Gabriel finster an, als würde er sie stumm herausfordern, irgendetwas über ihn oder Andrea zu sagen.

„Meine Nichte, Ma'am", erklärte Duverjay Mere Marie. „Ich hoffe, Sie haben nichts dagegen."

Rhys warf Mere Marie einen Blick zu und fragte sich zum tausendsten Mal, was genau Mere Marie getan hatte, um sich die Loyalität und den Respekt dieses Mannes zu verdienen. Duverjay fügte sich nicht vielen Menschen, aber bei Mere Marie war er das Sinnbild von Höflichkeit.

„Dann lass hören", verlangte Mere Marie und bedachte die junge Frau mit einem skeptischen Blick.

„Nun, ich war auf der Arbeit, im Stiletto's, und redete mit einem meiner Stammkunden. Mit diesem Kerl Amos. Er gibt immer gutes Trinkgeld." Andrea hielt inne und holte zitternd Luft. „Ich erzählte ihm eine Geschichte über meine Momma und ihre Arbeit am Voodoo Markt und dass sie all diese Leute trifft. Hexen und Hellseher, Leute, die wegen Kräutern zu ihr kommen und so was."

„Deine Mutter führt qualitativ hochwertige Produkte", bestätigte Marie mit einem Nicken.

„Nun, mir war nicht klar, dass Amos für jemanden arbeitet... Ich wusste nicht, wer diese Kerle sind, aber sie haben meine Momma auf offener Straße entführt. Sie konnte nicht einmal ihren Laden schließen oder irgendetwas tun. Die Tür stand weit offen. Ein Glück, dass alle vor meiner Momma Angst haben." Andrea blickte düster drein.

„Und hat Amos dir erzählt, wo deine Mutter ist?", erkundigte sich Duverjay.

„Nee. Ich schätze, dieser Kerl, Perma oder wie auch

immer er heißt, hat irgendeine Bude auf der anderen Brückenseite, wo er Leute unterbringt. Amos ließ es so klingen als", Andrea hielt inne und erschauderte, „als wäre es keine große Sache. Das ist so abgefuckt."

„Ich denke, du meinst Pere Mal. Warum halten sie deine Mutter fest? Hat sie etwas, das sie haben möchten?", fragte Mere Marie und legte den Kopf schief.

„Amos hat mir vor ein paar Wochen ein wirklich Hammertrinkgeld gegeben und mich gebeten, nach einer bestimmten Art von Person Ausschau zu halten. Ein Medium, hat er es genannt. Jemand wirklich Mächtiges ohne ein Schild, um die Leute abzuwehren, und niemanden, der nach ihm schaut. Momma liest Auren und so einen Mist, weißt du", erzählte Andrea und kreiste mit der Hand um ihren Kopf, um eine Aura anzudeuten. „Sie sagte, diese Lady kommt als vorbei und kauft irgendein Kraut. Etwas, das dafür sorgt, dass sie keine Geister und so was sieht. Momma sagt, dass die Aura der Lady ein bisschen blau ist, was heißt, dass zu Hause niemand auf sie wartet. Wie auch immer, Amos fragte, also erzählte ich ihm von der Lady. Ich dachte, er wollte einen Geist kontaktieren oder so was."

„Und er hat deine Mutter entführt, um die Lady zu finden?", fragte Rhys, um die Lücken in der Geschichte zu füllen.

„Ja. Ihr Name ist Echo Caballero. Amos hat ihr auch noch einen anderen Namen gegeben... Ein Licht oder so ein Scheiß", seufzte Andrea.

„Achte auf deine Wortwahl", warnte Duverjay sie mit einem finsteren Blick.

„Sorry, Onkel George." Andrea blickte ihn entschuldigend an und Duverjay umarmte sie sanft.

„Dann wollen wir dir mal etwas zu trinken besorgen, hm?", schlug Duverjay vor und warf Rhys einen bedeutungsvollen Blick zu, während er seine Nichte in die Küche lotste. „Überlass es ihnen, deine Mutter zurückzuholen."

In der Sekunde, in der sie außer Hörweite waren, ließ Gabriel ein entnervtes Seufzen vernehmen.

„Ich wusste nicht, dass wir jetzt auch noch Duverjays persönliche Botengänge übernehmen", lamentierte er.

„Das ist nicht der Grund, aus dem Duverjay sie hierhergebracht hat", fauchte Mere Marie und warf Gabriel einen wütenden Blick zu. „Er hat sie hergebracht, weil Pere Mal in die Sache verwickelt ist. Und es ist gut, dass er es getan hat, wenn diese Frau das ist, was ich denke, dass sie ist. Die Drei Lichter müssen beschützt und um jeden Preis von Pere Mal ferngehalten werden."

„Was sind die Drei Lichter?", erkundigte sich Rhys.

Durch die Arbeit für Mere Marie hatte sich ihm eine völlig neue Welt eröffnet und jedes verdammte magische Ding schien einen besonderen Titel und Geschichte zu haben. Und da war die ganze verrückte Geschichte New Orleans und die Mythologie, in der Mere Marie und Duverjay so bewandert waren, noch nicht einmal mit eingerechnet. Gott bewahre, wenn man die Burgundy Street wie den Wein aussprach, obwohl die Einheimischen sie doch *Ber-GUN-dii* nannten.

„Wo ist Aeric?", wollte Mere Marie wissen, während sie sich Luft zufächelte. „Ich brauche alle drei Wächter für diese Aufgabe."

Gabriel drehte sich um, legte die Hände um den Mund und brüllte Aerics Namen in Richtung des ersten Stockwerks, wo sich die Zimmer des Wikingers befanden. Die vier oberen Stockwerke waren alle so gebaut worden, dass eine Reihe dunkler Holztüren auf eine lange, breite Galerie führten, die mit den Treppen verbunden war, die sich auf jeder Hausseite befanden. Das bedeutete, dass die Lautstärke seines Schreis besonders beeindruckend war, wenn er dabei auch noch nach oben schaute. Rhys grinste über Mere Maries angesäuerten Gesichtsausdruck, weil sie so nah neben dem Geschrei stand.

Sekunden später öffnete sich eine Tür im ersten Stockwerk und ein riesiger dunkelblonder Mann trat ins Blickfeld, der einen sehr wütenden Eindruck machte.

„Ja", blaffte Aeric, lief zur Brüstung der Galerie und beugte sich darüber, um auf sie hinab zu spähen. Aerics Englisch wurde ebenfalls immer besser, wenn man bedachte, dass er bei seiner Ankunft im Herrenhaus kein Wort Englisch gekannt hatte. Trotzdem war er nach wie vor wortkarg.

„Die *Mistress* braucht uns alle", erklärte Gabriel und benutzte den Titel, auf den Mere Marie bestand.

Aeric bedachte sie alle mit einem stählernen Blick und schlurfte dann den Gang entlang und die Treppe hinab.

„Ich bin gerade mit etwas beschäftigt", informierte der ehemalige Wikinger sie. Sein mittelalterlicher norwegischer Akzent war so dick wie Matsch, wenn er sich denn mal dafür entschied zu sprechen, und Rhys hatte manchmal Probleme die Worte in Aerics Genuschel auszumachen.

„Nicht mehr", erklärte ihm Mere Marie scharf, drehte sich um und führte sie zurück zu dem großen Wohnbereich. Duverjay und Andrea hatten sich in die offene Küche verzogen, wo sie an der Bar saßen und in gedämpftem Tonfall miteinander redeten.

Mere Marie lief zu *Dem Tisch*, wie ihn die Wächter nannten. Dabei handelte es sich um einen massiven Eichentisch, der von mehreren klobigen Bänken umringt wurde. Das war ihr üblicher Treffpunkt, wenn sie das Geschäft des Dämonentötens und des allgemeinen Kampfes gegen die bösen Kräfte besprachen, die New Orleans bedrohten.

Sie nahm am Kopfende Platz und überließ es Rhys, Aeric und Gabriel sich Plätze am Tisch auszusuchen.

„Pere Mal hat eine Verwandte von Duverjay entführt", erzählte Mere Marie Aeric und wedelte mit einer Hand zu dem Butler.

Aeric schürzte die Lippen, vielleicht stellte er die Klugheit Pere Mals infrage, weil er jemanden entführt hatte, der in so enger Verbindung zu den Wächtern stand. Doch er sagte nichts. Ob sich Pere Mal der Wächter bereits bewusst war, war ein häufig diskutiertes Thema im Herrenhaus und jetzt war nicht der Zeitpunkt, um eine weitere hitzige Diskussion über dieses leidige Thema zu beginnen.

„Andrea sagte, dass Pere Mals Lakai die Frau ein Licht genannt hat. Wie eines der Drei Lichter", sprach Mere Marie weiter und begann einen kurzen Vortrag. „Pere Mal ist besessen davon, den Schleier zu zerstören, die Schutzbarriere zwischen der Welt der Geister und unserer. Er möchte über die Geister seiner Vorfahren regieren können und ihre Kräfte die seinen nennen. Unglücklicherweise ist es ihm egal, was sonst noch durch den Schleier kommen wird."

„Ich vermute, das wäre nichts, was uns gefällt", meinte Gabriel.

„Lass uns einfach sagen, dass wir alle Geister in unserer Vergangenheit haben und rachsüchtige Geister ein Segen wären im Vergleich zu einigen der böseren Kräfte, die auftauchen würden", erwiderte Mere Marie.

„Also was sind diese Lichter?", hakte Rhys neugierig nach.

„Pere Mal glaubt, dass Baron Samedi, ein alter Voodoo-priester, einen Weg gefunden hat, um den Schleier zu öffnen. „*Sieben Nächte, sieben Monde, sieben Geheimnisse, sieben Gruften.*' Manche Leute halten dies für den Schlüssel, um die Tore von Guinee zu finden und zu öffnen, durch die man direkt ins Reich der Geister gelangen kann. Von dort, könnten... gewisse... Sprüche benutzt werden, um den Schleier für immer zu zerreißen."

Aeric meldete sich nun doch zu Wort, während er Mere Marie einen offenen Blick schenkte. „Ich bin neugierig, woher du diese Dinge über Pere Mal weißt."

Mere Marie versteifte sich für den Bruchteil einer Sekunde und entspannte sich dann wieder. Es passierte so schnell, dass Rhys es sich vielleicht auch nur eingebildet hatte.

„Ich habe viele Informanten", lautete ihre einzige Antwort.

Ihre Worte entsprachen natürlich der Wahrheit. Sie verfügte über ein breites Netzwerk an Informanten in der ganzen Stadt, die sich alle einander Informationen zuflüsterten und Geheimnisse von einem zum nächsten weitergaben, bis sie Mere Maries Ohren erreichten. Mere Marie besaß eine charmante Seite und eine Art, mit der sie die Leute bezauberte, sodass sie sich entspannten und lachten, bis sie ihr alles erzählen *wollten*.

„Richtig", sagte Rhys und schüttelte ganz kurz den Kopf. „Also sind die Lichter Teil eines Rituals oder so etwas?"

„Ich bin mir nicht sicher", antwortete Mere Marie, womit sie Rhys überraschte. „Sie dienen alle unterschiedlichen Zwecken. Andrea erwähnte, dass dieses Mädchen, Echo, ein Medium sei. Das würde darauf hindeuten, dass Pere Mal sie benötigt, um einen Geist anzurufen und mit ihm zu kommunizieren."

„Wir können unmöglich wissen, mit wem er reden möchte", sinnierte Gabriel. „Könnte Baron Samedi selbst sein oder ein Mitglied seiner Familie. Könnte…"

„Jeder sein", beendet Rhys seinen Satz mit einem Nicken. „Ich bin mir nicht sicher, wie wir gegen etwas kämpfen sollen, das wir nicht finden können, weil es keine Möglichkeit dazu gibt."

„Das Mädchen. Wir finden das Mädchen", sagte Mere Marie. „Wir müssen sie benutzten, um das Geheimnis aufzudecken, bevor es Pere Mal tut."

Mehrere lange Herzschläge herrschte Schweigen.

„Schlägst du etwa vor, dass wir sie auf genau die gleiche Weise benutzen wie der Mann, vor dem wir sie retten wollen?“, fragte Gabriel, dessen Augenbrauen sich vor Missfallen zusammenzogen.

„Ja. Und ich glaube…“ Mere Marie tat einen Augenblick so, als sähe sie sich im Haus um. „Ah, ja. Hier habe immer noch ich das Sagen. Also, wenn ich euch auftrage, das Mädchen zu finden und zwar schleunigst… denke ich, dass ihr das besser tun solltet.“

Sie erhob sich auf ihre Füße und durchbohrte sie alle mit einem bedrohlichen Blick.

„Nutzt den magischen Spiegel. Findet das Mädchen. Ich will sie bei Sonnenaufgang im Herrenhaus haben“, befahl sie. Sie ließ den Kopf kreisen, wobei es mehrmals laut knackte, und verließ das Zimmer, ohne nochmal zurückzuschauen.

„Nun… alles klar“, sagte Gabriel, auf dessen Gesicht sich deutlich Unmut abzeichnete. „Ich schätze, ich werde mal den Spiegel holen.“

KAPITEL VIER

Rhys

ittwoch, 11:00Uhr

„Wir brauchen mehr als eine vage Ortsangabe", sagte Rhys, während alle drei Männer in den magischen Spiegel starrten, der einen freundlichen und knallbunten Straßenabschnitt im Faubourg Marigny zeigte, einer vornehmen Nachbarschaft in der Nähe des French Quarter, in der sich makellos gepflegte Häuser im Stil traditioneller kreolischer Cottages aneinanderreihten. „Die Information, dass sie sich irgendwo auf der Spain Street befindet, ist nicht gerade hilfreich."

„Mmmmh...", machte Gabriel und dachte nach. „Nun, es gibt etwas, das ich ausprobieren könnte. Ich habe es noch nie versucht, aber ich fand neulich einen Enthüllungszauber, der uns eventuell zeigen könnte, wie unser Mädchen aussieht."

„Wird er jemanden umbringen? Irgendwelche Augenbrauen versengen?", erkundigte sich Aeric und warf Gabriel einen bedeutsamen Blick zu. Im ersten Monat ihres Aufenthalts im Herrenhaus hatte Aeric Gabriel erlaubt, ihn als Testobjekt für einen Schwebezauber zu verwenden. Der Apfel in Aerics Hand hatte sich keinen Millimeter bewegt und war erst recht nicht in Gabriels wartende Hand geflogen. Allerdings hatte es Gabriel irgendwie geschafft, Aerics Augenbrauen und Wimpern zu versengen, was Rhys ziemlich witzig gefunden hatte.

„Nein", antwortete Gabriel defensiv. „Ich habe dir doch gesagt, dass eines der Worte im Zauberspruchbuch verschmiert war. Das war nicht meine Schuld."

„Sämtliche Magie liegt in der Verantwortung des Magiers", setzte Aeric zu einer Rede an. Der Wikinger hatte eine äußerst festgefahrene Meinung zu magischer Verantwortung, was in Rhys mehr als ein Mal die Frage geweckt hatte, wie wohl Aerics vorheriges Leben ausgesehen haben mochte. Er tat immer sehr geheimnisvoll bezüglich seiner Gestaltwandler-Fähigkeiten und seinem Wissen über Magie, war Frauen gegenüber misstrauisch und schnell überwältigt von den neuen Technologien. Zur Enttäuschung von Rhys neugierigem Geist war Aeric ein sehr verschwiegener, übermäßig reservierter Brummbär, der nie länger als ein oder zwei Augenblicke über seine Vergangenheit sprach.

„Okay, okay", lenkte Rhys ein und blickte auf die goldene Armbanduhr an seinem Handgelenk. „Wir habe keine Zeit für das hier. Gabriel, wirke den Zauber."

„Ich brauche das Mädchen. Andrea, meine ich", sagte Gabriel.

Andrea wurde herbeigeholt. Duverjay hielt sich unterdessen im Hintergrund und warf den Wächtern misstrauische Blicke zu. Gabriel hatte erst vor kurzem begonnen, sich ein Beispiel an Mere Marie zu nehmen. Wenn er Zauber wirkte, vermischte er die Zutaten mittlerweile im Voraus und füllte sie in handtellergroße Leinensäckchen. Je nach Zauber musste das Säckchen unter der Kleidung und auf der Haut getragen, in einem Kreis aus Salz verbrannt, in einen Fluss geworfen oder irgendeine andere Anzahl symbolischer Gesten vollzogen werden.

Dieser Zauber verlangte, dass Andrea das münzgroße Säckchen auf ihre Zunge legte, während sie sich das Zielobjekt des Zaubers vorstellte. Rhys verzog mitfühlend das Gesicht, als Andrea an dem Säckchen schnupperte und bei dessen Geruch erbleichte. Dennoch befolgte sie pflichtbewusst die Anweisungen und schloss dann die Augen.

Nach einer kurzen Beschwörung hob Gabriel seine Hände vor Andreas Gesicht. Er machte eine Zieh-Bewegung, wobei er nach der Luft in der Nähe ihrer Augen griff und seine Hände nach hinten zog. Ein dünner grauer Nebel erschien in der Luft und zeigte ihnen das flackernde schwarzweiß Bild der jungen Frau, mit der Andreas Mutter befreundet war.

Das Bild war verschwommen und gab nur wenige Details preis. Die Frau hatte helle Haut, helle Haare und dunkle Augen, die in einem herzförmigen Gesicht lagen. Dieser eine Blick auf ihren Körper offenbarte eine reizvoll geformte Sanduhrfigur, die von einem schicken, aber züchtigen Kleid im Retrostil verhüllt wurde. Obwohl man nur wenige Details von ihr erkennen konnte, spürte Rhys aus irgendeinem Grund tief in seinem Magen, wie sich eine Art Verbindung regte.

Er verzog das Gesicht und unterdrückte diese merkwürdige Reaktion. Seit er in New Orleans angekommen war, hatte er keine Frau gehabt. Moderne Frauen stellten ein unlösbares Rätsel für ihn dar. Sie spielten nach Regeln, die er nicht verstand, benutzten Technologie, die er nicht wollte oder brauchte, erwarteten… Nun, ganz gewiss erwarteten sie nicht, dass man ihnen den Hof machte, wenn Rhys wenigstens das richtig verstanden hatte.

Er war einsam in dem Herrenhaus und anders als Gabriel gab er sich keine Mühe, sich an die verräucherten Bars und lauten Tanzclubs der Stadt zu gewöhnen. Das Tanzen war tatsächlich der schlimmste Teil. Die erzwungenste soziale Interaktion von allen zu „Musik", die Rhys verabscheute, während man an eine fremde Frau gepresst wurde...

Er erschauderte und riss sich aus seinen Gedanken.

„Richtig. Gut gemacht", erklärte Gabriel Andrea, die dankbar aussah, als sie das Säckchen in ihre Handfläche spuckte. „Bleib bei Duverjay, bis wir deine Mutter befreit haben, okay?"

„Danke", sagte Andrea und folgte dem Butler, der sie zurück zur Eingangshalle führte. Duverjay und Mere Marie besaßen beide Räumlichkeiten im vierten Stock und Rhys schätzte, dass Duverjay Andrea für die Nacht in einem seiner Zimmer unterbringen würde.

„Zeit für den spaßigen Teil", verkündete Aeric und schenkte ihnen eines seiner seltenen Lächeln.

Rhys und Gabriel schlurften Aeric hinterher, während dieser aus der Hintertür trat, über den Garten und in den Fitnessraum lief. Der Fitnessraum war in drei Bereiche aufgeteilt. Der größte Bereich umfasste den Kampfbereich, den Rhys und Gabriel zuvor benutzt hatten. Der Boden konnte mit harten Gummimatten oder weich gepolsterten Matten ausgelegt oder auch in einen Boxring umgeändert werden, falls es nötig war. Im zweitgrößten Bereich des Fitnessraums standen Trainings- und Übungsgeräte: Laufbänder, Regale um Regale mit Gewichten, alles Mögliche an spezieller Ausrüstung, um ihre Körper in der perfekten Schwert-schwingenden-Form zu halten.

Der letzte Bereich war nicht nur sehr viel kleiner als der Rest des Fitnessraumes, sondern auch der Bereich, der von einem Daumenabdruck- und Retinascanner geschützt wurde. Aeric marschierte über den Fitnessraumboden zu dem großen, schwarzen verschlossenen Käfig und trat zur Tür, um sich rasch scannen zu lassen, wodurch die Schlösser der dreißig Zentimeter dicken Stahltür entriegelt wurden. Er zog sie auf, trat hinein und wartete, damit ihm Rhys und Gabriel folgen konnten.

Rhys ließ seinen Blick über die Metallstäbe schweifen, aus denen sich die Käfigwände zusammensetzten und die jeweils vom Boden bis zur Decke mit reihenweise Waffen versehen waren. Pistolen und neuere Waffen zur Rechten, Schwerter und brutale weniger technische Waffe zur Linken. Gabriel ging zuerst nach rechts, wohingegen sich Aeric und Rhys nach links wandten. Das war typisch für sie, da sich Gabriel mühelos an die Technologie von 2015 gewöhnt hatte, während sich Aeric und Rhys noch etwas schwer damit taten. Vor allem Aeric. Er hatte nur das absolute Minimum über Pistolen und Computer gelernt und sich nicht weiter informiert.

Vielleicht lag das auch daran, dass die drei Männer äußerlich zwar wirkten, als wären sie im gleichen Alter, Aeric und Rhys jedoch viel älter waren als Gabriel, der nur dreißig Jahre gelebt hatte, ehe er sich den Wächtern angeschlossen hatte. Sein normaler menschlicher Alterungsprozess hatte erst wenige Monate nach seiner Ankunft im Herrenhaus gestoppt. Dreißig Jahre war der übliche Zeitpunkt, an dem bei einem Bärengestaltwandler der körperliche Entwicklungsstillstand einsetzte.

Jedenfalls gingen Rhys und Aeric zuerst zu den Schwertern. Rhys entschied sich für ein gut ausbalanciertes Flammenschwert, Aeric für ein schweres Breitschwert. Das erklärte ebenfalls ihre bevorzugten Kampfstile. Rhys setzte auf Beweglichkeit und Aeric auf brutale Kraft. Ihr Weg kreuzte sich mit Gabriel, der zwei schwarze Handfeuerwaffen und ein doppeltes Hüftholster ausgesucht hatte.

Während Gabriel loszog, um sich ein leichtes Schwert zu suchen, wählten Rhys und Aeric ihre Pistolen. Das war eine Wächterregel, die Mere Marie aufgestellt hatte – da sie in der modernen Welt kämpfen würden, brauchten sie auch moderne Waffen. Wenn jemand mit einer Schusswaffe auf sie feuerte, mussten die Wächter auf die gleiche Weise zurückschlagen können. Bisher waren die Schusswaffen jedoch nur sehr selten zum Einsatz gekommen. Für Rhys und Aeric war es einfach selbstverständlich mit ihren Schwertern zu kämpfen und die üblichen Aufgaben der Wächter, wie das Töten von Dämonen oder das Einschüchtern von blutdurstigen Vampiren, waren schwertfreundliche Aktivitäten.

„Vergiss deine Uniform nicht", erinnerte Rhys Aeric, als sie aus dem Käfig liefen. Duverjay bewahrte drei ordentliche Stapel mit ihrer Ausrüstung auf einem Tisch direkt innerhalb des Käfigs auf. Jeder Stapel war fein säuberlich mit dem Namen des jeweiligen Wächters beschriftet.

Rhys schnappte sich die schwarzen Kampfstiefel, schwarzen Cargohosen, ein dunkelgraues T-Shirt, einen speziell angefertigten Waffengürtel und eine schwarze, kugelsichere Kampfweste. Jeder einzelne Gegenstand war mit dem Logo der Alpha Wächter geschmückt – dem Kopf eines brüllenden Bären über zwei gekreuzten Schwertern mit den Buchstaben A und W an jeder Seite. Rhys lief zu dem kleinen Umkleideraum neben dem Waffenkäfig und zog sich um.

Nachdem er den Waffengürtel durch seine Gürtelschlaufen gezogen hatte, befestigte er ein Set Riemen an jedem Bein auf mittlerer Schenkelhöhe. Der Gürtel verfügte auf der linken Seite über eine Scheide für sein Schwert und auf der rechten über zwei Pistolenholster, von denen einer an seiner Hüfte saß und der andere fünfzehn Zentimeter tiefer. Die Rückseite des Holsters enthielt mehrere Patronen für die zwei .38 Specials, die er bei sich führte, und in seiner Weste bewahrte er noch mehr Munition auf.

Vor der Umkleide nahmen sich die Wächter eine Minute, um sich selbst und einander prüfend zu mustern und sich zu vergewissern, dass alles an Ort und Stelle war und niemandem etwas essenziell Wichtiges fehlte. Noch eine von Mere Maries Regeln, von der sie der Meinung war, dass sie *Teamwork* fördern würde.

Von all den abertausenden neuen Worten, die Rhys im Verlauf des letzten Jahres gelernt hatte, gehörte *Teamwork* zu denen, die er am wenigsten mochte. Dessen Einsatz wies normalerweise auf eine unangenehme Aufgabe oder persönliches Opfer für das größere Wohl hin, und von beidem hatte Rhys in seinem Leben schon genügend gehabt. Trotzdem war er auf den Geschmack gekommen, mit Gabriel und Aeric zusammen zu arbeiten und ihnen in einem Kampf zu vertrauen. Gabriel war eine unerschöpfliche Wissensquelle in Bezug auf Magie und Aeric... Rhys hatte Aeric noch nicht ganz durchschaut, aber der Mann wusste ein bisschen über so gut wie alles.

„Lasst uns loslegen", sagte Aeric.

Sie verließen den Fitnessraum durch eine Tür, die der gegenüberlag, durch die sie eingetreten waren, und liefen einen kurzen überdachten Überweg entlang, der vom Grundstück führte. Das Herrenhaus lag an der Esplanade Avenue gerade nördlich des French Quarter, in einer historischen Nachbarschaft namens Treme. Das Herrenhaus und sein Gelände nahmen fast einen ganzen Block in Beschlag und dennoch mussten die Wächter einen Teil eines dreistöckigen Parkhauses nutzen, das an die Rückseite des Grundstücks anschloss, um ihre zahlreichen Fahrzeuge unterbringen zu können.

Da sie zusammen fahren würden und versuchten, schnell voranzukommen, hatte Aeric aus dem Waffenkäfig die Schlüssel eines leichten SUV mitgenommen. Er warf sie

Rhys zu, der de facto der Fahrer der Gruppe war. Weniger als eine Minute später fuhren sie aus dem Parkhaus und rasten zur Marigny Nachbarschaft.

Die Fahrt war kurz, kaum eine Meile. In der Gegend herrschte nur ein geringes Verkehrsaufkommen, da es nach zehn Uhr an einem Mittwochmorgen und die meisten Leute bereits in der Arbeit waren, weshalb sie nur wenige Minuten später auf einen Parkplatz in der Spain Street fuhren. Es handelte sich um eine Straße in einem Wohngebiet, die dicht von bunten Reihenhäusern gesäumt wurde, die fast so alt wie die Stadt selbst waren. Die gesamte Nachbarschaft setzte sich aus Cottages im Shotgun-Stil zusammen. Rhys sprang aus dem Wagen und sah sich um in dem Bemühen, den Straßenabschnitt zu entdecken, den ihnen der magische Spiegel als Ziel gezeigt hatte.

Echo, dachte er abwesend, *ein hübscher Name*. Rhys schnitt eine Grimasse über sich selbst und besann sich wieder auf seine Aufgabe. Doch Gabriel löste das Rätsel als erster.

„Dort", sagte Gabriel und zeigte mit dem Finger, „einige Blöcke in diese Richtung. Das Orangene dort."

Der andere Wächter hatte recht. Das unverkennbare melonenfarbene Haus wurde von einem türkisen und einem limettengrünen Haus eingekeilt. Drei fröhlich wirkende und gut gepflegte Gebäude, die identisch waren mit Ausnahme ihrer Farbe. Rhys verfiel in einen Trab und schloss das Auto mit dem Funkschlüssel ab, während er die Straße hinabjoggte.

Rhys stoppte auf der gegenüberliegenden Straßenseite des orangenen Hauses mit der Nummer 307. Er passierte es und lief einige Häuser weiter, bis er eine Stelle erreichte, an der einige Satsumabäume wuchsen, deren üppiges Blattwerk den Männern einen Schutz boten, hinter dem sie sich verstecken konnten.

„Aeric behalte den Westen im Blick", ordnete Rhys an und deutete in die Richtung, aus der sie gekommen waren.

„Gabriel den Osten. Ich werde die Eingangstür im Auge behalten."

Sie mussten nicht lange warten. Einige Minuten, nachdem sie mit ihrer Observierung begonnen hatten, flog die Eingangstür der Nummer 307 mit einem lauten Knall auf. Das Geräusch eines Schusses hallte durch die Luft und eine kurvige Blondine in einem konservativen dunkelblauen Kleid stürmte barfuß und hastig aus dem Haus.

Rhys konnte spüren, dass sich Gabriel und Aeric neben ihm anspannten. Dieses Gespür hatte er während der vielen Jahre auf dem Schlachtfeld erworben, bei denen er Seite an Seite mit seinen Männern gekämpft hatte. In der einen Sekunde war Rhys bereit zur Tat zu schreiten, in der nächsten sah die Blondine hoch und ihre Blicke kreuzten sich. In der einen Sekunde war er ein Krieger bereit für die Schlacht, in der nächsten ertrank er. Ihre Augen fingen ihn ein, Zwillingsseen vom tiefsten vorstellbaren Amethyst, ein königliches Violett gesprenkelt mit kleinen Punkten geschmolzenen Goldes.

Gefährtin.

Rhys spürte, wie sich sein Bär in ihm regte und an die Oberfläche drängte, ohne ihn zu einer Wandlung zu zwingen. Seine Lippen teilten sich wie von selbst und ein wildes Brüllen entrang sich seiner Kehle. Dann war er in Bewegung. Er wusste nichts anderes mehr als, dass er sie berühren und beschützen musste.

„Mein", knurrte er.

Eine dunkle Gestalt stolperte in Rhys Sichtfeld. Etwas, das Rhys für einen Moment nicht ganz verarbeiten konnte. Der dunkle Fleck prallte gegen Rhys' Gefährtin, die einen schockierten Schrei ausstieß.

Plopp.

Rhys kam schlitternd zum Stehen und starrte auf die leere Stelle. Obwohl die Frau noch vor einem Augenblick auf dem Gehweg gestanden hatte, weniger als fünfzehn Meter entfernt, war sie jetzt einfach… weg.

„Er hat sie in einen Schlupfwinkel transportiert", sagte Gabriel, der an Rhys' Ellbogen auftauchte. „Eine Art Tasche zwischen dieser Welt und der nächsten. Wir können ihr nicht folgen, weil es unmöglich festzustellen ist, wo genau sie hingegangen sind."

Rhys blinzelte ein paarmal und blickte hinab auf seine Hände, die leer zu sein schienen. Er war noch nie zuvor so ratlos gewesen, unfähig zu verstehen, unfähig zu erklären…

„Rhys", sagte Aeric und schlug mit einer Hand auf Rhys' Schulter. „Mach hinne!"

Rhys wandte sich ihm zu, die Lippen nach hinten gezogen, die Zähne gefletscht. Sein Bär reagierte jetzt auf den Verlust seiner Gefährtin und zerrte an den letzten Fasern von Rhys' plötzlich zerfetzter Selbstbeherrschung. Etwas in Aerics eisblauen Augen veränderte sich, eine Reaktion auf Rhys' Herausforderung.

Rhys legte den Kopf in den Nacken, sein Mund suchte den Himmel, während sein Körper zu beben begann. Seine Knochen veränderten sich, während sich seine Gestalt von einem Mann zu einem Bären wandelte. Wütend und am Boden zerstört stieß Rhys ein verzweifeltes, markerschütterndes Brüllen aus.

Er sank auf alle Viere, drehte sich um und galoppierte die Straße hinunter. Er dachte an nichts anderes, als das zu finden, was er verloren hatte.

KAPITEL FÜNF

Rhys

*L*aird Rhys Ian Bramford Macaulay hatte in seinem Leben viele schwierige Entscheidungen getroffen. In fast all diesen Momenten hatte er das Wohl anderer über sein eigenes gestellt. Er war der geborene Anführer. Das Blut in seinen Adern war das Ergebnis unzähliger Generationen unerschütterlicher schottischer *Chieftains*. Dadurch war er es gewöhnt, sowohl die Interessen anderer an erste Stelle zu stellen, als auch in allen wichtigen Belangen seinen Willen durchzusetzen. Ein hemmungsloser Märtyrer, wenn so etwas denn existierte.

In dem Moment, als seine zukünftige Gefährtin wieder auftauchte und mit einem *Plopp* in das Reich der Menschen zurückkehrte, war es Rhys gerade erst gelungen, seinen Bär zur Ordnung zu rufen. Aeric und Gabriel waren gezwungen gewesen, ihn zu überwältigen, bevor Rhys noch eine Panik in der ganzen Stadt auslöste durch Berichte eines wildgewordenen Bären, der im 8th Ward randalierte. Die Wächter hatten sich erst kürzlich in der Kith Gemeinschaft als nützliche Neuzugänge etabliert. Das Letzte, das sie brauchten, war, dass Rhys das zerstörte, indem er in den Abendnachrichten landete, weil er einen Tierschutzbeauftragten zerfleischt hatte.

Zum Glück hatten ihn seine Wächterkollegen mehr oder weniger beruhigen und ihn wieder dorthin schleifen können, wo die Frau verschwunden war. Sie hatten darauf beharrt, dass es wichtig war zu warten für den Fall, dass sie zurückkehrte. Ihre Worte waren in erster Linie eine Flunkerei, damit Rhys sich wieder konzentrieren und beruhigen konnte.

Als sich die umwerfende, kurvige Blondine in seine Arme warf, fiel es ihm also sehr schwer sich zu beherrschen. Sein Bär tobte bereits, rastete völlig aus und verlangte, dass Rhys den intensiven und zunehmenden Paarungsdrängen gehorchte, die tief in seiner Brust erblühten. Leider war Rhys' zukünftige Gefährtin alles andere als empfänglich dafür, ausgezogen, gevögelt und markiert zu werden, denn sie heulte sich die Augen aus dem Kopf und klammerte sich an seine Schultern, während ihr Köper von der Heftigkeit ihrer Schluchzer geschüttelt wurde.

Das Einzige, das er tun konnte, war zu versuchen, sie zu trösten, und zu hoffen, dass seine neuentdeckte Besessenheit, seine Zähne in die zarte Haut ihrer Schulter zu schlagen, vorübergehen würde. Er schlang seine Arme um sie, um ihre Umarmung zu erwidern, und staunte über ihren Größenunterschied von mehr als einem Kopf. Sie war nicht gerade dünn, ihre Sanduhrfigur war erfreulich kräftig, dennoch fühlte sie sich in Rhys' Armen unglaublich zerbrechlich an.

„Alles ist gut, *lass*", sagte Rhys in dem Bemühen, so zu tun, als würde das tiefe Einsaugen ihres Duftes ihn nicht seltsam freudig stimmen. Rhys identifizierte ihren Duft sofort als den von Wildblumen und Sonnenschein und diese Spezifität verblüffte ihn.

Rhys warf Gabriel einen hilflosen Blick zu, weil er unsicher war, was er als Nächstes tun sollte.

„Gib mir die Schlüssel, okay?", schlug Gabriel vor.

Rhys fischte mit einer Hand die Schlüssel des SUV aus seiner Hosentasche und warf sie Gabriel zu. Anschließend widmete er wieder der Frau seine ganze Aufmerksamkeit.

„Echo?", fragte er sanft, wobei er sich wegen seiner Zaghaftigkeit lächerlich vorkam. „So heißt du doch, oder? Echo Caballero?"

Echo schniefte und neigte sich einige Zentimeter nach hinten, während Scham ihre Wangen mit einem zarten Rosa überzog. Rhys verstand ihr Unwohlsein. Die Verlockung des potenziellen Gefährten war stark und zog sie aufeinander zu wie ein Blitz, der auf den wartenden Boden zurast. Diese Empfindung löste den beabsichtigten Effekt aus, einen vergessen zu lassen, dass die andere Person ein völlig Fremder war.

„J-ja", antwortete sie und wischte sich mit dem Handrücken über ihr Gesicht.

Rhys hatte sich noch nie so sehr ein Taschentuch herbeigewünscht. Der Gedanke veranlasste ihn dazu, eine grimmige Miene aufzusetzen, weil es ganz sicher keine normale Routine für ihn war, Frauen zu trösten. Die Tatsache, dass er das tun wollte... nun, er würde das auf die Gefährten-Magie schieben.

„Ich bin Rhys Macaulay", stellte er sich vor. „R-H-Y-S, aber ihr sprecht es hier wie die *Reece's Cups* aus. Meine... Freunde hier... sind Gabriel und Aeric."

Erneut war Rhys verblüfft von dem absoluten Kontrollverlust über sein Verlangen. Er stellte sich normalerweise niemandem vor und noch viel weniger buchstabierte er seinen Namen und erläuterte dessen Aussprache. Doch er blickte in diese wunderschönen violetten Augen und er war

einfach… hin und weg. Es war so unfair wie es unabänder-
lich war. Man konnte schlicht und ergreifend nichts dagegen
tun, was ihn ungemein frustrierte.

„Rhys", sagte Echo, als würde sie das Wort testen. „Das
ist ein hübscher Name."

Gabriel parkte den SUV am Gehweg und Rhys drückte
Echo behutsam an sich.

„Echo, ich weiß, du kennst mich nicht, aber ich denke,
du weißt, dass du mir vertrauen kannst. Ist es nicht so?",
fragte er.

Er beobachtete, wie sie seine Worte verarbeitete und
wahrscheinlich leicht über die Worte stolperte, die er in
seinem starken schottischen Akzent ausgesprochen hatte.
Sein Akzent schien noch stärker durchzubrechen, wann
immer er in ihr Gesicht blickte. Nach einem Augenblick
nickte sie.

„Ja. Ich weiß allerdings nicht warum", gestand sie und
fing ihre Unterlippe mit den Zähnen ein.

„Ich werde es dir später erklären. Jetzt hätte ich gerne,
dass du mit mir kommst. Ich wohne hier in der Nähe mit
diesen Gentlemen", erklärte Rhys und deutete zu Aeric und
Gabriel. „Ich denke, du bist da in eine Sache geraten, die
sich deiner Kontrolle entzieht, und ich würde dich gerne an
einen sicheren Ort bringen. Unser Haus ist sehr gut
geschützt."

Echo zögerte und entzog sich ihm vollständig, wodurch
sie sich ein wenig Raum zum Nachdenken verschaffte.

„Du musst nicht bleiben", sagte Rhys, obwohl er noch in
der Sekunde, als sie seine Lippen verließen, wusste, dass
seine Worte eine Lüge waren. Er fühlte ein eigenartiges
Brennen in seinem Magen und das Wissen um seine Lüge
versengte ihm die Lippen. „Aber du kannst nicht einfach so
hier im Freien herumspazieren, *lass*. Dieser Mann wird
wieder nach dir suchen, so viel steht fest."

Ihr Blick hüpfte wieder nach oben, um seinem zu begeg-

nen, was sein Herz zum Rasen brachte wie das eines liebes-
kranken Burschen. Rhys hätte beinahe laut gestöhnt, aber er
hatte Angst, dass er Echo damit verschrecken würde. Sie
warf ihm noch einen prüfenden Blick zu und er konnte
spüren, dass sie sich genauso außer Kontrolle fühlte wie er.

„In Ordnung", stimmte sie zu. „Nur bis ich einen Plan
habe, okay?"

Rhys nickte ruckartig, weil er plötzlich nicht mehr in der
Lage war, sie anzulügen. Sein Gehirn dachte es, seine
Lippen versuchten die Laute zu formen, aber seine Zunge
wurde bleischwer und das Wort *selbstverständlich* wollte
einfach nicht seinen Mund verlassen.

„Verflixt und zugenäht", fluchte er verblüfft.

Echo sah erschrocken zu ihm hoch.

„Es ist nichts", versicherte er ihr mit einem Seufzen.
„Ich… gewöhne mich nur daran."

Echos Miene verzog sich zu einem Ausdruck reinen
Verständnisses. Sie erlaubte Rhys, sie zu dem SUV zu
führen und ihr auf den Rücksitz zu helfen. Er lief um den
Wagen und rutschte neben sie auf die Rückbank. Sein
Mund verzog sich zu einem grimmigen Strich, als seine
Finger vor Verlangen, sie zu berühren und irgendeinen
körperlichen Kontakt zu ihr herzustellen, zu zucken begannen. Rhys' Blick glitt nach vorne, wo Gabriel und Aeric alles
in ihr Macht Stehende zu tun schienen, um überall hinzu-
schauen, nur nicht zu Rhys und Echo.

Eine Bindung zu einem Gefährten einzugehen, war
unter Gestaltwandlern sehr gefürchtet und Rhys war der
lebende Beweis für die Gründe dafür. Während Gabriel sie
zurück zu dem Parkhaus hinter dem Herrenhaus fuhr,
wurde Rhys in Ruhe gelassen, sodass er über den Fakt
grübeln konnte, dass seine Instinkte für den Moment seine
Vernunft außer Gefecht gesetzt hatten. In absehbarer
Zukunft, zumindest bis er das Band mit seiner Gefährtin
besiegeln konnte, indem er Echo markierte, würde Rhys

anscheinend von seinem Verlangen und Sorge um seine Gefährtin beherrscht werden.

Frustriert über diese bizarre Wendung des Schicksals ballte Rhys die Fäuste und zwang sich dazu, aus dem Fenster zu stieren in dem Versuch, die Wildheit zu zügeln, die sein Herz regierte. Als sie schließlich aus dem Auto stiegen, hatte Rhys sich besser unter Kontrolle. Trotzdem knurrte er Aeric beinahe an, als der andere Wächter versuchte, Echos Autotür zu öffnen. Ihm gelang es jedoch gerade noch, den Laut zu unterdrücken, wenn auch nicht den wütenden Blick.

„Äh...", sagte Echo, während sie den Übergang passierten und in den Fitnessraum traten. Sie sah sich eindeutig zögerlich um und Rhys gluckste, als ihm bewusst wurde, dass Echo dachte, sie würden in dem Fitnessraum wohnen.

„Das Haus liegt in dieser Richtung", erklärte er, legte eine Hand in ihr Kreuz und führte sie durch den Fitnessraum. Ihm entging nicht, dass sie bei der Berührung erschauderte, wusste aber nicht mit Sicherheit, woran das lag. Höchstwahrscheinlich an ihrer Nervosität, doch wenn sein eigenes Erregungslevel irgendein Anzeichen war...

„Whoa", sagte Echo, als sie den Garten des Herrenhauses betraten. Ihr Kinn hob sich an, während sie die gigantische schiefergraue Villa musterte, wobei ihre Augen nach oben wanderten, um alle vier Stockwerke betrachten zu können. „Dort *wohnt* ihr?"

„Ob du es glaubst oder nicht", erwiderte Rhys, „Gabriel hat es für die Wächter gekauft."

„Warte", sagte Echo, stoppte und ergriff seine Hand, um seine Aufmerksamkeit zu erhalten. Selbst diese minimale Berührung versetzte Rhys in Begeisterung, was ihn wiederum noch wütender auf sich selbst werden ließ. „Du bist einer der Wächter?"

Sie betrachtete ihn von Kopf bis Fuß. Ihre Augen

blieben an seinem Schwert und Schusswaffen hängen und sie schien die Puzzleteile zusammenzufügen, noch bevor Rhys antwortete.

„Seit dem letzten Jahr, ja."

„Ich habe von euch Kerlen gehört, offensichtlich, aber ich dachte, ihr wärt eine Art... urbane Legende", gestand Echo und strich sich ihre blonde Mähne aus dem Gesicht.

„Wir sind ziemlich echt", sagte Rhys. Seine Lippen kräuselten sich wie von selbst an den Mundwinkeln. Noch eine merkwürdige Sache in einer langen Reihe bizarrer Ereignisse – Rhys lächelte nicht oft, da er sich nach dem plötzlichen Verlust seines Clans lieber auf seine Pflicht als Wächter konzentriert hatte.

Echo schaute mit unverhohlener Verwunderung zu ihm hoch, während sich ein winziges Lächeln auf ihre vollen Lippen legte. Rhys spürte, dass sich seine Zunge bewegte, noch ehe er registrierte, dass er über seine Lippen leckte, weil er sich unterbewusst darauf vorbereitete sie zu küssen. Das Verlangen, sie zu schmecken, war beinahe greifbar und äußerte sich in der wachsenden Anspannung seiner Muskeln und dem hungrigen Beben weiter unten in seinem Körper.

Echo machte einen Schritt nach hinten, wodurch sie den Zauber zerbrach.

„Äh, cool", sagte sie, wobei ihre Worte etwas zu schnell kamen. „Ich wette, drinnen ist es sogar noch schöner."

Rhys erkannte diesen Wink mit dem Zaunpfahl und führte sie durch die Hintertür. Er nickte geduldig, während sie das Wohnzimmer und die Küche staunend bewunderte. Da er aus dem Schottland des 18. Jahrhunderts stammte, wirkte jedes Haus, das er betrat, recht hübsch auf ihn. Die hochmodernen Gerätschaften und edle Dekoration beeindruckten ihn nicht viel mehr als jedes andere Haus, aber er konnte vage nachvollziehen, dass das Ganze recht nobel wirkte.

„Wow. Mein ganzes Apartment würde in diesen Raum passen... an die drei Mal", überlegte Echo.

Rhys zog eine Augenbraue hoch und seine Lippen zuckten.

„Warte erst, bis du den Rest siehst", sagte er.

Mere Marie erschien, doch zu Rhys Erleichterung gelang es Aeric, ihre Aufmerksamkeit auf sich zu lenken, indem er sie zur Seite zog, um sie über die Ereignisse des Tages in Kenntnis zu setzen. Wenn Rhys Glück hatte, würde Aeric den Teil auslassen, an dem er aus Wut in die Gestalt seines Bären geschlüpft und am helllichten Tag die Straße hinabgaloppiert war. Zum Glück für Rhys war die Gestalt-wandler-Magie so beschaffen, dass seine Kleider noch intakt gewesen waren, als er wieder seine menschliche Gestalt angenommen hatte. Wenn er nackt dagestanden hätte, hätten ihn das die anderen zwei Wächter niemals vergessen lassen. Als Gabriel Rhys einen ungeduldigen Blick zuwarf, deutete Rhys das als sein Zeichen und führte Echo zur Eingangshalle.

„Wie wäre es, wenn wir jetzt gleich eine Tour durch das Haus machen?", schlug er vor, während er sie bereits praktisch aus dem Zimmer und zur Treppe schob.

Echo ließ sich von ihm die Treppe hinauf scheuchen, ohne irgendeine Frage zu stellen, wofür Rhys dankbar war.

„Also der erste Stock gehört Aeric. Der zweite mir, der dritte Gabriel. Der vierte Stock gehört Mere Marie und Duverjay, die du beide bestimmt bald kennenlernen wirst."

„Wer sind sie?", erkundigte sich Echo, während sie auf die Galerie des zweiten Stocks traten.

„Mere Marie ist unser Boss, wenn man so will. Duverjay ist gewissermaßen unser Butler."

Echo nickte, aber gab keinen Kommentar dazu ab. Anscheinend sparte sie sich ihr Urteil auf. Als sie die Treppe verließen, wurde Rhys klar, dass er vielleicht einige grundlegende Regeln für Echos Aufenthalt aufstellen sollte.

„Der vierte Stock ist zu jeder Zeit tabu", erklärte er ihr. Nach einer kurzen Pause fügte er hinzu: „Tatsächlich ist das einzige Stockwerk, das du betreten solltest, das zweite. Aeric und Gabriel werden sich über deine Anwesenheit in ihren Gemächern nicht freuen."

Ob das nun stimmte oder nicht, stand zur Diskussion, aber Rhys konnte die Vorstellung einfach nicht ertragen, dass sich Echo im Schlafzimmer eines anderen Mannes aufhielt. Selbst wenn es sich dabei um einen so grobschlächtigen und desinteressierten Mann wie Aeric handelte.

„In Ordnung", antwortete Echo stirnrunzelnd. „Also… ich schätze mal, dass mich das auf dein Zimmer einschränkt?"

„Zimmer im Plural. Und das ganze Erdgeschoss natürlich." Rhys zog eine Braue hoch. „Das ist nur ungefähr… zweihundertachtzig Quadratmeter groß? Eine Menge Platz, um sich auszubreiten."

Echo warf ihm einen Blick zu, aber antwortete nicht, sondern folgte ihm zur ersten Tür der Galerie im zweiten Stock. Rhys öffnete die Tür und winkte sie in seinen persönlichen Wohnbereich. Die linke Seite des Raumes wurde von einem antiken Kamin und hoch aufragenden Bücherregalen eingenommen, die die Wände säumten. Ein Paar Ledersessel standen vor dem Kamin und neben ihnen befand sich ein kleiner Beistelltisch, auf dem einige ledergebundene Bücher, mehrere Flaschen Scotch und ein einzelner Tumbler standen.

Die Bibliothek wurde von einem großen, schweren Eichentisch und zwei Stühlen mit steifen Rückenlehnen vervollständigt. Ein Stapel Blätter, Stifte und Bücher lagen auf dem Tisch herum und zeugten davon, dass Rhys den Tisch oft benutzte. Der Tisch stand vor einem riesigen Panoramafenster, wodurch er einen wunderbaren Arbeitsplatz abgab.

Die rechte Seites des Raumes war gleichmäßig aufgeteilt

worden in einen ordentlichen Trainingsbereich und einen technischeren Arbeitsplatz – ein Tisch mit einer Reihe Computerbildschirmen und einiger hochwertiger Gerätschaften. In der Mitte der rechten Wand befand sich eine Tür, die Rhys für Echo öffnete.

Er führte sie über die Türschwelle in sein Schlafzimmer, das eine nüchterne und einfache Angelegenheit war mit einem Himmelbett, einem massiven Kleiderschrank und zwei Nachttischen. Dieses Zimmer verfügte ebenfalls über ein spektakuläres Panoramafenster und sogar eine Chaiselounge, auf der man es sich gemütlich machen und hinaus auf das lebhafte Treiben der Fußgänger auf der Esplanade Avenue schauen konnte. Die Chaiselounge war die einzige weiche Note in einem ansonsten fast kahlen Raum.

„Komm hier lang", sagte Rhys und nahm Echo am Ellbogen.

Er führte sie durch eine weitere Verbindungstür in ein großzügiges Badezimmer, das sowohl über eine Badewanne als auch eine wunderbar große Dusche verfügte. Diese war Rhys Lieblingsstück in seinen privaten Gemächern, vor allem da nie endende heiße Duschen eine einzigartige Annehmlichkeit der Moderne waren, die er liebte.

Sie liefen durch die letzte Verbindungstür, die auf der anderen Seite des Badezimmers lag, und Rhys zeigte Echo das Gästezimmer. Das Gästezimmer war mit einem bequem aussehenden Queensize Bett, einem kleinen Kleiderschrank sowie einem Nachttisch ausgestattet. Es verfügte auch über ein einzelnes Bücherregal, in dem zahlreiche Bücher standen, von denen Rhys kein einziges selbst ausgewählt hatte. Sie waren einfach Teil der Dekoration. Neben dem Bücherregal standen ein sehr hübscher Polstersessel und eine Leselampe. Zwei weitere Möbelstücke, die bereits vorhanden gewesen waren, als Rhys eingezogen war.

Echo sah sich mit einem gewissen Interesse um und

nickte mit dem Kopf. Sie schaute zu Rhys und zuckte zufrieden mit den Schultern.

„Es ist hübsch", sagte sie, wobei ihr Gesichtsausdruck rein gar nichts preis gab.

„Nun, es war irgendwie… schon so", gab Rhys verlegen zu. „Wie du dir vielleicht vorstellen kannst, bin ich nicht gerade ein begnadeter Inneneinrichter."

Seine Worte brachten Echo zum Lächeln und das magnetische Zerren in Rhys Brust drängte ihn ein weiteres Mal näher zu ihr. Rhys Augen glitten über ihren Körper, von der Mähne blonder Haare hinab zu ihren üppigen Brüsten und Hüften, dann wieder hoch zu ihren rosa Lippen.

Gerade jetzt fand es Rhys so gut wie unmöglich ihr zu widerstehen. Er war sich nicht sicher, ob das an dem Gefährtenband lag oder schlicht und ergreifend nur Chemie war, aber wenn Echo ihn ansah und sich ihre Blicke kreuzten, konnte Rhys seine Augen nicht von ihr abwenden. Amethyst traf auf Smaragd. Es juckte ihn in den Fingern, sie zu berühren. Sein Mund war plötzlich staubtrocken, während er darüber nachdachte, wie sie wohl schmecken würde. Sein Körper spannte sich erwartungsvoll an bei der schieren Möglichkeit, dass ihre Haut vielleicht seine streifen könnte.

Rhys bemerkte, dass sich ein intensives Rosa auf Echos Wangen ausbreitete und für einen wilden Moment dachte er, dass sie vielleicht das Gleiche empfand wie er. Die Anziehung, die unleugbare und plötzliche Verlockung. Rhys' Neugier nahm mit jedem Augenblick zu und Echos Lippen teilten sich, während sie einen zaghaften Schritt in seine Richtung machte.

Sie hatte sich kaum bewegt, doch es war mehr als genug, um ihr beider Schicksal zu besiegeln.

In dem Moment, in dem Rhys sich nach vorne bewegte, trat Echo einige Schritte rückwärts zurück zur Tür. Innerhalb eines Wimpernschlags presste Rhys sie dagegen. Seine Nasenflügel blähten sich, während er mehrmals ihren verlockenden Duft tief in seine Lungen sog. Er konnte immer noch den Sonnenschein und Blumen auf ihrer Haut riechen, aber jetzt vernahm er auch noch die subtilen Gerüche von Angst und Aufregung. Erregung ebenfalls, auch wenn sie zweifelsohne von all den anderen Emotionen gedämpft wurde, die in diesem Moment durch Echos Gedanken schwirrten.

Rhys wollte nichts von ihrer Ambivalenz wissen. Er stützte seine Arme links und rechts neben sie an die Tür und nahm sich einen Moment, um ihre zierliche Gestalt zu bewundern, während sie ihr Gesicht anhob, um ihn zu betrachten. Er beobachtete sie für lange Sekunden in dem Versuch, die Vielzahl an Emotionen zu lesen, die in ihren großen violetten Augen aufblitzten. Doch sie war ein Puzzle, das momentan noch viel zu komplex war, als dass er es hätte lösen können. Echos Zunge schnellte hervor, um ihre Unterlippe zu befeuchten. Ihre Besorgnis und Verlangen wurden immer offensichtlicher und Rhys konnte nicht länger warten.

Er zögerte den Moment hinaus, weil er den ersten Geschmack seiner Gefährtin genießen wollte. Er strich ihr die Haare aus dem Gesicht und schob sie ihr hinter die Ohren. Anschließend zeichnete er mit dem Daumen ausgehend von ihrem Ohr die Linie ihres Kiefers entlang, wobei er mit tiefer männlicher Zufriedenheit bemerkte, dass sie erschauderte. Er ließ seinen Daumen unter ihr Kinn gleiten und neigte ihr Gesicht nach oben, wie es ihm gefiel. Daraufhin neigte er langsam den Kopf und ließ für einen Herzschlag seinen Atem über ihre Lippen streichen, bevor er seine Lippen auf ihre legte.

In dem Moment, in dem sich ihre Lippen berührten, passierte etwas in ihm, tief in seiner Brust. Es fühlte sich an, als würde sich ein Engegefühl auflösen, während zur gleichen Zeit etwas Lockeres in ihm schnell und unbeweglich gemacht wurde. Echo gab einen erstickten Laut von sich und rückte näher an ihn heran, während ihre Hände seine Schultern hochstreichelten und sich hinter seinem Nacken verschränkten. Ihre Lippen bewegten sich an seinen und dann öffneten sie sich lieblich, eine eindeutige Einladung, den Kuss zu vertiefen.

Jeder Milliliter von Rhys Blut rauschte in seinen Ohren, als er eine Hand an Echos Rippen krümmte und die andere in den seidigen Massen ihrer Haare vergrub. Sein Bär brüllte, ein ungezähmter und befriedigter Laut, und spornte ihn an. Die Zeit hatte sich einen Augenblick verlangsamt, aber beschleunigte sich jetzt.

Rhys glitt mit seiner Zunge über Echos und schmeckte sie nun vollkommen. Sie antwortete, indem sie ihre Fingerspitzen in seinen Nacken bohrte und ihre Brüste seine Haut erhitzten, wo sie gegen ihn gepresst wurden. Rhys stöhnte in ihren Mund, als ihre Hüften über seine rieben und er spürte, dass sie erschrak, als sie ihn hart und bereit vorfand.

Um der Wahrheit die Ehre zu geben, war er seit dem Moment hart, in dem er sie erblickt hatte, aber selbst die federleichte Berührung von Echo setzte ihn in Flammen. Rhys unterbrach den Kuss, neigte ihren Kopf zur Seite und knabberte an ihrem Ohrläppchen, wobei er fast seine Beherrschung verlor, als Echo für ihn stöhnte.

Unfähig, sich zurückzuhalten, vergrub er seinen Mund an ihrer Halsbeuge und markierte sie mit seinen Lippen und Zähnen. Es war noch nicht das Mal ihres Gefährtenbandes, nicht ohne ihre Zustimmung und Bewusstsein dessen, aber ein Hinweis darauf, was noch kommen würde. Seine freie Hand hob sich, um ihre Brust zu umfangen, wo er durch ihr Kleid und BH ihre harte Brustwarze fand und reizte. Er erkundete ihre Fülle, erfreut über deren volles Gewicht, und zog eine Spur aus Küssen über ihr entblößtes Schlüsselbein.

Erst dann wurde Rhys langsamer, weil ihm bewusst

wurde, dass es bestialisch von ihm wäre, sie zu vögeln und für sich zu beanspruchen, ohne dass sie verstand, was vor sich ging. Und wenn er sie hier nehmen würde, jetzt, über das Bett gebeugt, wie er es sich vorstellte, und Echo seinen Namen schreien würde, während er sie so gut vögelte, dass sie nie wieder einen anderen Mann ansehen würde…

Nun, wenn er das täte, würde er sich nicht davon abhalten können, Anspruch auf sie zu erheben. Etwas sagte ihm, dass Echo, eine ganz und gar moderne Frau, Anstoß daran nehmen würde, wenn Rhys sie auf diese Weise dominierte. Sie würde es akzeptieren und das bald, aber… vielleicht brauchte sie zuerst etwas Zeit, um sich an ihn zu gewöhnen.

„Rhys?", fragte Echo, deren Brust sich schwer hob und senkte, während sie sich bemühte, ihre Atmung unter Kontrolle zu bringen.

„Ich möchte…", Rhys hielt inne, weil er sich unsicher war, wie er sich ausdrücken sollte. „Ich möchte dich nicht ausnutzen. Wir haben uns erst kennengelernt."

Echo sah mit solcher Verwirrung zu ihm hoch, dass es ihn beinahe umbrachte. Rhys machte einen Schritt nach hinten, nahm ihre Hand und zog sie zum Bett.

„Setz dich zu mir", ermutigte er sie.

Eine tiefe beschämte Röte breitete sich bereits auf ihrem Gesicht und Hals aus, weshalb Rhys nicht sonderlich überrascht war, als sie sich ihm entzog.

„Ich… ich muss gehen", sagte Echo und wandte sich ab.

„Das kannst du nicht", widersprach Rhys, dessen Lust schnell verflog. „Du bist nicht sicher. Deswegen bist du doch hier, erinnerst du dich?"

„Du kannst mich hier nicht festhalten", sagte sie und warf ihm einen scharfen Blick zu.

Worte des Widerspruchs lagen Rhys auf der Zungenspitze, aber er hielt sie zurück. Er war sehr wohl in der Lage, sie hier festzuhalten, aber das würde er nicht tun.

„Ich möchte nur, dass du in Sicherheit bist", erklärte er stattdessen. „Es gibt Vieles, das du noch nicht verstehst. Der Mann, der dich entführt hat, Pere Mal… Er ist gefährlich, Echo."

Seine Worte mussten die Falschen gewesen sein, denn Echo funkelte ihn finster an.

„Sicherheit ist relativ", informierte sie ihn nüchtern. „Es gibt keinen Grund, warum mich dieser Pere Mal Typ haben wollen sollte. Ich lebe nicht einmal in der Kith-Welt. Ich… ich kann nicht einfach hierbleiben. Und ehrlich gesagt, weiß ich nicht einmal, warum es dich interessiert. Wir kennen uns nicht."

Und obwohl Rhys Einspruch erheben wollte, konnte er es nicht tun. Sie hatte mit dem letzten Teil recht und er war noch nicht bereit, ihr die ganze Gefährten-Situation unter die Nase zu reiben. Sie hatte heute schon genug ertragen müssen.

„Echo", begann er, während er versuchte sich zu überlegen, was er sagen konnte. Doch sie war bereits auf dem Weg zur Tür.

Rhys wartete eine ganze Minute, in der er sich bemühte sich zu beruhigen, weil er sie nicht völlig verschrecken wollte, bevor er ihr hinterherjagte. Als er schließlich die Galerie erreichte, war sie bereits auf der Treppe. Ehe er das Erdgeschoss betrat, schloss sich die Eingangstür mit einem lauten Knall.

Als er nach draußen trat, war Echo fort.

KAPITEL SECHS

Echo

Echo eilte zum Ende des Blocks gegenüber des Herrenhauses und drehte sich um, wobei sie sich auf die Lippe biss. Das Herrenhaus selbst war durch Magie so gut getarnt, dass es von der Straße aus nicht anders aussah als die anderen Gebäude, zwischen die es sich auf eine Art einfügte, die die Aufmerksamkeit eines Betrachters einfach umleitete. Es war ein cleverer Spruch, der so gut gewirkt worden war, dass Echo das Herrenhaus nicht einmal richtig sehen konnte, obwohl sie es gerade erst verlassen hatte.

Sie schaute schuldbewusst auf die Stelle, an der sie das Herrenhaus vermutete, und wartete auf das Unvermeidliche. Rhys tauchte eine Minute später auf und sah sich mit fassungslosem Gesicht um. Echo hatte einen Tarnspruch um sich gewoben. Das war einer der wenigen Zaubersprüche, die sie auswendig konnte, und auch wenn Rhys ihre Anwesenheit in seiner Nähe vielleicht *fühlen* konnte, so würde er sie nicht sehen können.

Sie beobachtete ihn leicht belustigt, als er auf die Straße marschierte und sich durch eine Schar junger Frauen schob, die mitten auf der Straße gestoppt hatten, um ihn anzugaffen. Echo konnte es ihnen nicht verdenken.

Rhys war knapp zwei Meter reine Muskelmasse, seine braunen Haare waren kurzgeschnitten, sein rötlicher Bart perfekt gestutzt. Er trug immer noch seine schwarze Kampfmontur und hatte lediglich die schwere kugelsichere Weste abgelegt, die er zuvor angehabt hatte. Die Kleider schmiegten sich an genau den richtigen Stellen an seinen Körper und betonten seinen muskulösen Rücken und schlanken Hüften. Echo hatte Rhys' Hintern noch keiner Musterung unterzogen, aber sie war gewillt, darauf zu wetten, dass er genauso prachtvoll war wie der Rest von ihm.

Der beste Teil war jedoch, dass er die Schar jüngerer, dünnerer Frauen, die ihn anstarrten und erst gar nicht versuchten, ihr Interesse zu verbergen, keines Blickes würdigte. Rhys hatte nur eines im Sinn…

…und war jetzt nur noch zehn Meter entfernt, weil Echo so viel Zeit damit verschwendet hatte, ihn anzuschmachten. Echo zuckte zusammen und rannte davon, während sie ein weiteres Mal von Gewissensbissen geplagt wurde. Wenn sie erst einmal weit genug weg war, würde Rhys sicherlich umdrehen und sie in Ruhe lassen. Sie hatten eine Art Verbindung, klar. Die Chemie, die Echo zwischen sich und ihm verspürt hatte, war nicht von dieser Welt und nichts, das sie jemals erlebt hatte.

Witzigerweise erinnerte es sie ein bisschen an die Art und Weise, mit der Echos Mutter ihr vor langer Zeit ihre erste Begegnung mit Echos Vater beschrieben hatte.

Liebe auf den ersten Blick. Ich schaute ihn an, er schaute mich an und wir mussten einander einfach haben, hatte Echos Mutter mit einem Lachen und errötend erzählt. Zum damaligen Zeitpunkt hatte die vierjährige Echo einfach nur so getan, als würde sie sich übergeben, obwohl ihr Interesse an ihrem mysteriösen Vater unerschöpflich gewesen war.

Die Erinnerung an ihre Mutter abschüttelnd, bemerkte Echo, dass sie sich entscheiden musste, wohin sie gehen sollte, anstatt nur ziellos herumzuwandern und sich selbst als große fette Zielscheibe für den Mann zu präsentieren, der sie zuvor entführt hatte.

Pere Mal, dachte sie und grübelte über den Namen nach. Er klang bekannt, allerdings wusste sie nicht warum. Ein noch größeres Rätsel war jedoch, warum jemand ausgerechnet sie entführen wollte. Sie hatte nur mit wenigen Kiths zu tun und verbrachte noch weniger Zeit in ihrer Welt, mit Ausnahme ihrer wöchentlichen Besuche auf dem Markt, wo sie ihre Kräuter kaufte. Zum Kuckuck, sie riss sich ein Bein aus, um ihre hellseherischen Fähigkeiten zu verbergen und ihre Kräfte einzuschränken, damit sie nicht auffiel und ein normales Leben führen konnte.

Seufzend realisierte sie, dass sie auf Autopilot geschaltet und begonnen hatte in Richtung ihres Zuhauses im Stadtzentrum zu laufen. Wenn dieser Pere Mal Typ nach ihr suchte, wären ihr Haus und Arbeitsplatz die ersten zwei Orte, an denen er nachschauen würde. Sie drehte um, wobei sie einen großen Bogen um das Herrenhaus machte, und ging zurück zum Markt. Sie hatte ihr babyblaues Fahrrad in der Nähe des Eingangs, den sie heute Morgen benutzt hatte, angekettet, und wenn sie hingehen würde, wo sie hingehen musste, dann wollte sie das nicht zu Fuß tun.

Nachdem sie sich auf ihr Fahrrad geschwungen hatte, fuhr sie in die entgegengesetzte Richtung des French Quarter und zum Haus ihrer Tante Ella in der St. Roch Nachbarschaft. Tee-Elle, wie Ms. Ella Orren von allen, die sie kannten, liebevoll genannt wurde, würde einige Antworten auf Echos Fragen haben.

Außerdem bestand durchaus die Möglichkeit, dass in diesem Moment ein frisches Blech der besten gefüllten Cookies und Pecan-Pies der Stadt in Tee-Elles Küche abkühlten. Echo blickte auf ihre Uhr und grinste. Es war sechzehn Uhr dreißig, was im Haus ihrer Tante Gebäck-Zeit bedeutete.

Tee-Elle war keine Blutsverwandte von Echo, aber sie und Echos Mutter waren gemeinsam aufgewachsen. Als ein wildes weißes Mädchen und ein tollpatschiges schwarzes Mädchen, deren Familien sich im Upper 9th Ward ein Shotgun-Doppelhaus geteilt hatten, waren Cadence Caballero und Tee-Elle Orren unzertrennlich gewesen.

Tee-Elle hatte Echo in ihrem Heim aufgenommen, nachdem Echos Eltern innerhalb von sechs kurzen Monaten nacheinander verstorben waren. Tee-Elle war ab dem Alter von sechs Jahren Echos Vormund und Ersatzmutter gewesen. Zwanzig Jahre später war sie nach wie vor der erste Name auf Echos zugegebenermaßen kurzen Liste an Freunden und Familie.

Echo stieg auf dem Gehweg vor Tee-Elles skurril dekortiertem, neongrünen Bungalow von ihrem Fahrrad. Sie schob ihr Rad zur Veranda und kettete es an deren Brüstung. Tee-Elle mochte zwar eine Legende in dieser Nachbarschaft sein, aber ein unbeaufsichtigtes Fahrrad würde hier dennoch schnell verschwinden – da war nicht einmal ein Tarnzauber notwendig.

Echo hob ihre Hand, um an Tee-Elles Tür zu klopfen, während sich ihre Lippen anhoben beim Anblick des handbemalten Schildes, auf dem stand: *New Orleans – Proud To Swim Home* – ich bin stolz darauf, nach Hause zu schwimmen. Ein Hurrikan Katrina Witz, der sich unter den Einheimischen großer Beliebtheit erfreute, obwohl es zehn Jahre her war, seit sich der Sturm Tee-Elles vorheriges Heim geholt hatte. Nichts konnte diese Frau runterziehen und nichts konnte sie aus ihrer geliebten Nachbarschaft vertreiben.

Noch bevor Echos Knöchel an die verbeulte Aluminiumeingangstür klopfen konnten, schwang sie auf. Tee-Elle strahlte sie an und ließ beim Anblick ihrer geliebten Nichte ein erfreutes Gackern hören.

„Määäädel!", krähte Tee-Elle. „Wird aber auch Zeit, dass du deinen Hintern mal wieder in mein Haus schwingst. Hast wohl die Cookies gerochen, hm?"

Echo lachte, umarmte Tee-Elle und ließ sich von der guten Laune ihrer Tante anstecken.

„Du hast mich durchschaut", sagte Echo und verfiel sogleich in die vertraute Sprechweise Tee-Elles. „Ich hatte schon seit einer ganzen Weile keinen deiner Cookies mehr."

Tee-Elle drehte sich um und führte sie in das Haus. Echos Grinsen wurde noch breiter, als sie sah, dass ihre Tante in eine regenbogenfarbene Robe mit einem verrückten Zebramuster gehüllt war. Die Frau trug nicht unbedingt Kleider, sondern wickelte sich viel eher in Stoffbahnen. Außerdem schlang sie ihre langen, dünnen grauen Zöpfe oft in ein Tuch, dessen Farbe sich mit ihrer Robe biss, was ihr ein recht eklektisches und exzentrisches Aussehen verlieh.

Tee-Elle ging direkt zum Kühlschrank und Echo stellte schockiert fest, dass ihre Tante einen brandneuen, riesigen doppeltürigen Kühlschrank hatte. Das Gerät sah in der altertümlichen Küche gigantisch aus und wirkte besonders neben der Frau riesig aus, die an einem guten Tag ein Meter fünfundvierzig maß.

„Tee", sagte Echo und kräuselte die Nase. „Was ist das?"

Tee-Elle zog einen Karton Vollmilch, Echos Lieblingsgetränk aus Kindheitstagen, heraus und stellte ihn mit einem Zwinkern auf den Tisch.

„Mach dir keine Sorgen. Tee-Elles Geschäft läuft wirklich gut, kleine Lady", erzählte Tee-Elle Echo.

Echo beäugte den Kühlschrank und fragte sich, wie viele Pecan-Pies es wohl brauchte, um so ein Monstrum zu kaufen. Nicht, dass sie das etwas anging, aber die ganze Familie war unglaublich neugierig.

„Ich kann mir selbst ein Glas holen", erklärte Echo Tee-Elle, die nur schnaubte und Echo auf einen Stuhl scheuchte.

Echo unterdrückte ein Kichern, als ihre Tante einen Hocker heranziehen musste, um zwei Gläser aus dem Wandschrank zu holen.

„Okay", begann Tee-Elle, stellte die Gläser auf den Tisch und setzte sich Echo gegenüber, „dann kommen wir mal zur Sache. Irgendwas ist mit dir los. Ich kann es sehen, hier und hier."

Tee-Elle schwenkte ihre Hand über zwei Stellen von Echos Aura und warf ihr einen erwartungsvollen Blick zu. Bevor Echo sprechen konnte, japste die Frau und sprang auf.

„Ich hab die verfluchten Cookies vergessen, Baby", schalt sich Tee-Elle selbst, während sie einen Teller frischer Pecan-Cookies aus dem Ofen zog. „Wäre er nicht festge-wachsen, würde ich meinen Kopf auch noch verlieren."

Echo lachte, nahm ein Cookie entgegen und ließ ein verzücktes Stöhnen erklingen, als sie hineinbiss. Klebrig süße Karamell-Pecan-Herrlichkeit schmolz auf ihrer Zunge und sie brauchte mehrere Augenblicke und einen großen Schluck Milch, bevor sie zum Thema kommen konnte.

„Okay. Ich habe ein paar, äh… Kith Fragen", sagte Echo, wobei sie ihre Augen beim Sprechen starr auf das Cookie richtete, anstatt zu ihrer Tante zu schauen.

Tee-Elle schwieg einige Sekunden. Ihre Überraschung war so klar wie Kloßbrühe.

„Nun, sicher, Baby. Alles, was du wissen möchtest. Das weißt du doch", antwortete Tee-Elle, als sie sich wieder gefasst hatte. „Du wolltest bis jetzt nie wirklich darüber reden, das ist alles."

Echo biss auf ihre Lippe, weil sie wusste, dass ihre Tante nur höflich war. Echo hatte nie irgendetwas über Magie hören wollen, was sogar so weit gegangen war, dass sie sich geweigert hatte, über ihre eigenen Eltern zu sprechen. Erst in den letzten paar Jahren hatte Echo sich langsam damit abgefunden, ihre Eltern als Thema zu tolerieren und selbst dann hatte sie nur zugehört, sich aber nie am Gespräch beteiligt.

„Tante Ella, sei nicht böse, aber ich glaube, ich stecke in Schwierigkeiten", gestand Echo, deren Schultern zusammensackten. „Ich weiß allerdings nicht, was ich gemacht habe!"

Tee-Elles Miene verdüsterte sich augenblicklich und sie griff nach Echos Hand.

„Erzähl es mir", verlangte sie streng. „Lass nichts aus, hörst du?"

Echo nickte und berichtete von ihrem Tag, wobei sie lediglich die intensive Anziehung verschwieg, die Rhys auf sie ausübte.

„Ich weiß nichts über die Wächter. Ich wusste nicht einmal, dass sie real sind. Und ich schwöre, ich kenne keinen Pere Mal", beendete Echo ihre Erzählung.

Da Tee-Elle mit jeder Wiederholung des Namens eine Spur blasser zu werden schien, holte Echo einfach Luft und erlaubte ihrer Tante, Fragen zu stellen.

„Nimmst du immer noch das Hexenblatt und die anderen Kräuter, wie ich es dir gesagt habe?", wollte Tee-Elle wissen.

„Normalerweise, ja. Heute konnte ich sie natürlich nicht nehmen."

„Ich hatte mich schon gewundert, warum ich so viele Farben um dich sehen konnte", sagte Tee-Elle und betrachtete Echos Aura ein weiteres Mal. „Und das hier drüben, dieses Rosa und Rot… das ist nagelneu. Dein Mann Rhys musst wirklich besonders sein, hm?"

Echo wurde rot, obwohl sie eigentlich viel zu alt war, um sich wegen eines Schwarms zu schämen. Offen gesagt, war Tee-Elle die größte Flirterin auf dem Planeten und die letzte Person, die Echo davon abhalten würde, Zeit mit einem gut aussehenden Mann zu verbringen. Trotzdem war Echo nicht in der Lage, richtig über ihre vorherigen Erlebnisse mit Rhys zu reden. Sie fühlte sich ein wenig so, als hätte sie nicht die richtigen Worte, um irgendetwas davon zu erklären. In Anbetracht der Tatsache, dass Echo einen Abschluss der Loyola Universität in englischer Literatur hatte, war es beinahe undenkbar, dass sie nicht die richtigen Worte für *irgendetwas* hatte.

„Er ist besonders, ja", stimmte Echo zu.

„Nun, du bist wenigstens zum richtigen Ort gekommen. Du weißt ich habe dieses Häuschen so gut geschützt, dass nicht einmal der Teufel höchstpersönlich ohne meine Zustimmung hier reinkommen könnte", sagte Tee-Ella und verschränkte die Arme. „Wegen dieser Sache mit... dem Pere... werde ich einige Anrufe tätigen und mir den neuesten Klatsch direkt vom *Le Marché Gris* besorgen."

Tee-Elle hatte sehr gute Verbindungen zum Graumarkt, da sie dort manchmal einen Stand mietete, um ihr Gebäck zu verkaufen sowie einige besondere Gris-Gris, wenn sie zufällig über die richtigen Zutaten stolperte. Obwohl Tee-Elle nie so viel gelernt hatte, um eine eigenständige Voodoopriesterin zu werden, war sie sehr mächtig und tief verbunden mit ihren Überzeugungen und der spirituellen Gemeinschaft.

„Niemand legt sich mit meinem Mädchen an", versicherte Tee-Elle Echo und tätschelte ihr die Hand. „Geh ins Wohnzimmer und schau ein wenig Jeopardy, wie du es so gern machst, Baby. Lass mich ein paar Anrufe tätigen."

„Danke, Tee", sagte Echo.

Sie nahm sich noch einen Cookie und ihr Glas Milch und überließ ihre Tante sich selbst. Zehn Minuten später lag Echo ausgestreckt auf Tee-Elles verblasstem blauem Sofa und ihre Augenlider wurden immer schwerer, da sie ein Nach-den-Cookies-Nickerchen lockte. Sie war vielleicht sogar für einige Minuten eingeschlafen, aber als Echo aufwachte, lief Jeopardy noch. Sie streckte sich und gähnte, während sie sich fragte, warum sie aufgewacht war. Sie war immer noch hundemüde und nicht annähernd erfrisch genug, um den Wunsch zu verspüren, aufzustehen.

Sie hörte ein Geräusch, ein sehr leises Kratzen. Stirnrunzelnd setzte sich Echo auf und versuchte, die leichte Benommenheit abzuschütteln. Sie hörte es wieder. Es klang ein wenig wie ein Ast, der über die Aluminiumeingangstür strich. Allerdings war die Eingangstür geöffnet, da die metallene Fliegengittertür die Moskitos abwehrte. Das und die Tatsache, dass es in Tee-Elles Vorgarten keine Bäume gab, passten nicht zu diesem Bild.

Echos Puls beschleunigte sich, als sie aufstand und zur Fliegengittertür lief. Eine dunkle Gestalt lungerte im Türrahmen, weshalb sie einen Satz machte und keuchte, während ihre Hand an ihre Brust griff. Im nächsten Moment wandte sich die Gestalt ihr zu und Echo atmete laut hörbar aus.

„Antoine! Du hast mir eine Heidenangst eingejagt!", schimpfte Echo ihren Cousin. Groß, hellhäutig und gut aussehend war Antoine der perfekte Repräsentant für jeden Mann in Tee-Elles Familie. Tee-Elles Neffe war zweimal umgezogen und hielt sich daher nicht mehr oft in ihrem Haus auf, aber Echo war froh, ihn jetzt zu sehen.

Er stand auf der Veranda und starrte sie einen langen Augenblick an, weshalb sich Echo schon zu fragen begann, ob Antoine angefangen hatte, wieder Gras zu rauchen. Sein übliches breites Lächeln und lässiges Auftreten waren verschwunden und mit etwas ersetzt worden, das Echo nicht gefiel.

„Kommst du rein oder nicht?", fragte Echo und warf ihm einen skeptischen Blick zu.

„Reinkommen", wiederholte er. „Ja, ja."

Er zog die Fliegengittertür auf und schlurfte leicht humpelnd ins Haus. Die Bewegung war so unvertraut, dass Echo einige Schritte nach hinten zurückwich. War Antoine etwas passiert, seit sie ihn zum letzten Mal gesehen hatte? Irgendeine Art furchtbarer Unfall? Er stand offensichtlich völlig neben sich.

„Antoine, geht es dir gut?", fragte sie, während ihr Herz jetzt heftig zu pochen begann.

„Ja, ja", antwortete er. Seine schokoladebraunen Augen waren fiebrig, als er näher an sie herantrat und Echo spürte allmählich, dass irgendetwas ganz und gar nicht stimmte.

„Tee-Elle?", rief Echo über ihre Schulter. „Tee, kannst du herkommen?"

Antoine erstarrte und seine Miene verzog sich zu einer Grimasse Cartoon-artiger Wut.

„Keine Tee-Elle", zischte Antoine, dessen Worte zusammenhanglos und merkwürdig klangen. „Das wird dir leidtun, Hexe."

„Was zum Teufel, Antoine?", sagte Echo, deren Angst mit jeder Sekunde zunahm.

Antoine drehte sich um und stieß die Fliegengittertür wieder auf. Sein Mund öffnete sich zu einem stummen Schrei, doch kein Laut erklang. Stattdessen floss ein dunkelroter Nebelstrom aus seinem Mund, schlängelte sich durch die Luft und breitete sich aus. Echo keuchte, als sie beobachtete, wie der rote Nebel die Tarnzauber, die auf dem Haus lagen, aktivierte und die komplizierten Linien jedes Fluchs und Zaubers nachfuhr. Der rote Nebel verbrannte die Zaubersprüche, ließ helle Funken und Rauch aufsteigen, während er Tee-Elles gesamtes Werk zerstörte.

„Oh Scheiße", fluchte Echo und rannte zur Küche. „Tee-Elle!"

Als sie die Küche erreichte, war es schon zu spät. Ein ihr bekannt vorkommender Mann in einem Anzug schleifte Tee-Elles bewusstlosen Körper gerade aus der Hintertür. Echo schrie, weil ihr bewusst wurde, dass sie die Angreifer direkt zur ihrer eigenen Familie geführt hatte. Sie rannte Tee-Elle hinterher in der Hoffnung, dass sie damit nicht ihr Todesurteil unterschrieben hatte.

KAPITEL SIEBEN

Rhys

„Da. Das ist es", sagte Gabriel und deutete auf ein winziges blaues Haus am Ende des Blocks.

Rhys hatte das Haus bereits ins Auge gefasst, was eine recht einfache Angelegenheit war, da sich im Vorgarten und auf der Veranda ungefähr zehn Männer in dunklen Anzügen mit mehreren einheimischen Hexen und Hexern einen Kampf lieferten.

„Alles klar", entgegnete Rhys und bemühte sich, die Furcht zu ignorieren, die sich in seinem Bauch ausbreitete. Rhys war nicht daran gewöhnt, eine solche Angst zu verspüren und deren Geschmack auf seiner Zunge war so bitter wie Galle. „Sieht aus, als kämen wir zu spät zur Party."

Gabriel sah von dem magischen Spiegel hoch und blinzelte, damit sich seine Augen wieder auf die Gegenwart konzentrierten. Rhys ließ ihn in seinem Staub zurück, wo er sich erholen konnte. Aeric war nur einen Schritt hinter ihm, während er auf den chaotischen Kampf zustürmte.

„Ich sehe sie nicht", murmelte Rhys zu Aeric, weil er wusste, dass das herausragende Gehör des anderen Wächters, Rhys' leise Worte aufschnappen würde.

„Da kommt sie", sagte Aeric und ruckte mit dem Kopf zur Eingangstür des Hauses.

Echo flog geradezu aus dem Haus, nur um von einem unfassbar gut aussehenden blonden Fremden eingefangen zu werden. Der Mann packte sie am Arm und zog sie dicht an sich. Echos verängstigter Schrei löste in Rhys das Gefühl aus, als wäre ihm in den Magen getreten worden.

Als er näher kam, geriet Rhys' Puls aus einem ganz anderen Grund ins Stottern. Der Mann, der Echo festhielt, war tatsächlich unmenschlich attraktiv und seine Haut hatte einen blassen Rosaschimmer.

„Scheiße, er ist ein Incubus", fluchte Rhys.

Rhys und Aeric gerieten beide mit Anzug tragenden Schlägertypen im Vorgarten aneinander und Rhys kämpfte abgelenkt, weil er Echo im Auge behielt. Die Wächter versuchten stets Todesfälle zu vermeiden, wann immer es möglich war, aber wenn Echo auf irgendeine Weise verletzt werden würde, würde Rhys nicht zögern, so viele Idioten wie nötig zu töten, um zu ihr zu gelangen.

Rhys schlug einen Angreifer K.O., widmete sich dem nächsten und verzog wütend das Gesicht, als der Incubus Echo an sich zog und ihr einen langen, tiefen Kuss gab. Rhys' Blut begann zu kochen und in seinem Bemühen, zur Veranda zu gelangen, schaltete er gleich zwei von den Bösewichten aus. Je näher er seiner Gefährtin kam, desto größer wurde die Anzahl der Angreifer, die scheinbar wie aus dem Nichts auftauchten und aus Schlupfwinkeln sprangen, um Rhys und Aeric in Schach zu halten. Aus dem Augenwinkel sah Rhys, dass sich Gabriel dem Kampf anschloss.

Oben auf der Veranda erschlaffte Echos Körper, als der

Verführungszauber des Incubus sie überwältigte. Der Incubus begann zu leuchten, seine Haut glühte in einem immer kräftigeren Rosa, während er sich an Echos Energievorräten labte. Der Kuss wurde mit jedem Augenblick intensiver und Rhys spürte, dass sein Bär sich an die Oberfläche drängte.

Die Wandlung begann, ohne dass Rhys irgendetwas davon bemerkt hätte, was hauptsächlich daran lag, dass er zu stark abgelenkt war, um es kontrollieren zu können. Nur Momente später war er ein über zwei Meter großer Grizzlybär, der seine Pranken schwenkte, um die wenigen Bösewichte aus dem Weg zu räumen, die dumm genug waren, nicht in dem Augenblick wegzurennen, in dem sie ihn sahen.

Als Rhys den letzten Angreifer davonschleuderte, sah er, dass sich die Lage auf der Veranda geändert hatte. Echo war jetzt stocksteif und sie schien den Spieß umgedreht zu haben, da nun sie dem *Incubus* irgendwie Energie entzog. Rhys hatte so etwas noch nie gesehen, vor allem als Echo sich auch noch vollständig von dem Mann befreite, ihre Hand ausstreckte und den Incubus mit einem gleisenden Lichtblitz und Rauch vertrieb.

Rhys ließ sich auf alle Viere fallen und machte sich auf den Weg zu ihr, doch dann taumelte er. Schmerz flammte in seiner Seite auf und er sah nach hinten, wo er feststellen musste, dass einer von Pere Mals Männern ihn mit einem Dolch erwischt hatte. Der Arm des Mannes bewegte sich mit der Absicht, ein weiteres Mal auf Rhys einzustechen. Rhys stieß ein wütendes Brüllen aus und schlug den Dolch aus der Hand des Angreifers. Anschließend zerkratzte er ihn mit seinen Pranken und schlug ihn bewusstlos, um auf Nummer Sicher zu gehen. Nach einem Moment blinzelte Rhys, da ihm schwindelig wurde. Seine Hinterbeine sackten weg und er schien sich nicht wieder hochstemmen zu können.

„Rhys?"

Rhys rollte seinen riesigen Kopf herum, wodurch er sah, dass Echo nur wenige Schritte entfernt von ihm stand und ihre Augen auf seine Wunde geheftet hatte. Er ließ ein Grunzen verlauten, auch wenn das nicht ganz das war, was er ihr eigentlich sagen wollte.

„Das bist doch du, oder?", fragte Echo ihn.

Rhys bewegte den Kopf auf und ab. Echo schockierte ihn, indem sie direkt neben ihn trat und eine Hand auf seine Schulter legte in dem Bemühen, ihn zu trösten. Entweder war ihr Band wirklich sehr stark oder Echo war so mutig, dass es schon beinahe an Wahnsinn heranreichte.

„Du bist verletzt", stellte sie fest und ging in die Hocke, um seine Flanke in Augenschein zu nehmen.

„Scheiße", fluchte Gabriel, der zu Echo herantrat. „Ich habe mich mit deiner Ortung im magischen Spiegel völlig verausgabt. Ich kann ihn noch nicht heilen. Wir müssen ihn zurück zum Haus bringen."

Rhys sah sich im Vorgarten um und war überrascht zu sehen, dass er jetzt frei von Schurken war.

„Wir können ihn nicht bewegen", wand Aeric ein, der zu ihnen gejoggt kam. „Wir müssen die Wunde zuerst verbinden."

„Jungs…", begann Echo.

„Wir müssen ihn jetzt bewegen, bevor noch mehr von Pere Mals Kerlen kommen", widersprach Gabriel.

„Nein. Das könnte ihn umbringen", schimpfte Aeric.

„Jungs…", begann Echo erneut.

Aeric und Gabriel stritten sich weiter, doch Echo wandte sich von ihnen ab und spreizte ihre Hände über Rhys' Wunde.

„Es tut mir leid", flüsterte sie und sah Rhys in die Augen. „Das könnte wehtun."

Rhys nickte nur wieder mit dem Kopf. Er vertraute ihr bedingungslos, noch etwas Neues für ihn. Momentan machte er sich jedoch keine Sorgen über die Auswirkungen des Gefährtenbandes. Über diesen Teil könnte er sich auch später noch den Kopf zerbrechen.

Echo biss auf ihre Lippe und schloss ihre Augen, konzentrierte sich. Ein sanftes weißes Leuchten entsprang ihren gespreizten Händen, das immer heller wurde, bis es sein Fell berührte. In dem Moment, in dem das Licht seine Haut erreichte, stieß Rhys ein erschrockenes, schmerzerfülltes Brüllen aus. Das Licht fühlte sich an, als würden sich tausend Glassplitter in sein Fleisch bohren, gleichzeitig drücken und ziehen, während sie ihn bis auf die Knochen zerschnitten.

Zwischen all dem Schmerz vernahm er noch eine zweite Empfindung. Obwohl das Gefühl seines Fleisches, das sich wieder zusammensetzte und -fügte, am eindrücklichsten war, konnte er auch noch eine zweite Präsenz in sich spüren. Es fühlte sich so ähnlich an wie damals, als er sich mit seinem Bären verbunden hatte.

Rhys wälzte dieses Gefühl gedanklich hin und her, prüfte und untersuchte es einen langen Augenblick, bevor er realisierte, dass diese Empfindung Echo selbst war. Indem sie ihn heilte, hatte sie sich irgendwie auf ein beunruhigend tiefes und subtiles Level mit ihm verbunden. Selbst mit geschlossenen Augen konnte er jede ihrer Bewegungen spüren. Als er ihre Präsenz mit seinen Gedanken erkundete, sah er Bilder von Echo in anderen Situationen vor seinem inneren Auge aufblitzen: Echo als Teenager, wie sie eine zierliche dunkelhäutige Hexe umarmte und ihr Herz randvoll mit familiärer Liebe war; eine sehr junge Version von Echo, nicht älter als ein Schulmädchen, das Blumen auf ein Grab legte, während sie mit tränenverschleierten violetten Augen zu dem Schutzengel des Grabs hinaufstarrte; Echo nur Stunden zuvor, deren Herz wild in ihrer Brust pochte, als sie Rhys zum ersten Mal erblickte und von einer merkwürdigen Kraft zu ihm gezogen wurde.

Das Licht von Echos Händen flackerte auf und Rhys war so abgelenkt, dass er den Schmerzensschrei nicht zurückhalten konnte, als sich ihre heilende Magie auf den schlimmsten Teil seiner Wunde konzentrierte. Die tiefgehende Verbindung zu ihr zerbrach und Rhys fragte sich, ob sie seine Schnüffelei überhaupt bemerkt hatte.

Echo schwankte und warf ihm einen entschuldigenden Blick zu, ehe sie abermals anfing. Rhys ächzte, aber behielt den Großteil seiner Schmerzen für sich aus Angst, dass sich Gabriel oder Aeric einmischen würden. Sie konnten schließlich nicht wissen, dass Echo plötzlich zum Zentrum seines Universums geworden war und er ihr mehr vertraute als ihnen, obwohl er sie erst seit wenigen Stunden kannte.

Um fair zu sein, war das ein ziemlicher Blödsinn. Aber es war ein Blödsinn, den er jetzt nicht klären konnte und würde, nicht wenn Echo etwas mit ihm machte, das absolut schmerzhaft war.

Er konzentrierte sich darauf, sich ruhig und reglos zu verhalten und nach einer weiteren Minute war Echo fertig.

Rhys versuchte sich leicht zu bewegen und zog eine Grimasse bei dem intensiven Schmerz, der noch anhielt. Er konnte jedoch erkennen, dass er so gut wie geheilt war. Er lenkte seine Gedanken nach innen und zwang sich dazu, sich zurück zu verwandeln, wobei er sich darauf konzentrierte sicherzustellen, dass seine menschliche Gestalt intakt, vollständig bekleidet und bewaffnet war. Eine gedankenlose Wandlung resultierte oft in einem nackten Hinterteil und einer Blamage und Rhys war jetzt nicht in der Stimmung für so etwas. Er war viel zu erschöpft.

Gabriel kam, um nach Echo zu sehen, der er auf die Füße half, während Aeric Rhys aufhalf.

„Da ist sie!"

Alle Köpfe schnellten zur Straße herum, von wo fünf weitere Bösewichte in schwarzen Anzügen auf sie zu sprinteten. Aeric und Gabriel begannen, Rhys und Echo nach hinten zu schieben, aber Echo knurrte und stieß Gabriel weg.

„Nein! Jetzt ist Schluss damit!", fauchte Echo und warf ihre blonde Mähne zurück. Ihre Hände schossen nach vorne und ihr Kopf flog nachhinten, als sie eine enorme Magiewelle aussandte. Dieses Mal war sie orange anstatt der weißen Heilmagie, die sie an Rhys angewandt hatte.

Jeder der sich nähernden Männer geriet ins Taumeln und fiel zu Boden, reglos wie Steine.

„Was in Dreiteufelsnamen −", begann Rhys, aber wurde davon unterbrochen, dass Echos Augen sich nach hinten drehten. Sie brach einfach zusammen wie eine Marionette, deren Fäden durchtrennt wurden. Jeder Zentimeter ihres Körpers wurde schlaff und leblos. Rhys musste sich sogar in ihre Richtung werfen, um ihren Kopf davor zu bewahren, auf dem Boden aufzuschlagen, wodurch er mit ihr als merkwürdig verkrümmtes Häufchen zu liegen kam.

Rhys sah zu Gabriel und Aeric hoch, die auf all die Körper am Boden starrten. Ein zerbeulter roter Toyota bog auf die Straße ein und stoppte beim Anblick der fünf bewusstlosen Körper. Nach typischer New Orleans Manier wendete das Auto lediglich und fuhr ohne ein Wort davon.

Aeric und Gabriel sahen einander an und seufzten. Dann begannen sie, die Körper von der Straße in den Garten zu schleifen zu einer Stelle, die sich gegenüber von Rhys und Echo befand. Nachdem sie das aufgeräumt hatten, kam Aeric und stellte sich über Rhys.

„Ich werde das Haus überprüfen und mich vergewissern, dass es keine Verletzten oder Toten gibt", verkündete Gabriel und lief zu dem Bungalow.

„Ich werde dir mit deiner Frau helfen müssen", informierte Aeric Rhys. Der Blick des anderen Wächters warnte ihn, nicht dagegen zu protestieren.

Rhys nickte zustimmend, woraufhin Aeric Echo hochhob und sie sich wie einen Sack Kartoffeln über die

Schulter warf. Sie zuckte nicht einmal, was Rhys Furcht in ungeahnte Höhen trieb.

„Sei vorsichtig mit ihr", knurrte er Aeric an, der nur mit ausdruckslosem Gesicht zurück zu Rhys sah und Echo noch ein Stück höher auf seine Schulter schob.

„Alles klar", sagte Gabriel, der gerade zurückkehrte. „Das Haus ist leer. Am Kühlschrank hängen allerdings Fotos von deiner Frau, Rhys. Sie muss direkt hierher gerannt sein."

Rhys nickte und fragte sich, warum das Haus so leer war. Wenn Echo einen Freund oder Familienmitglied besucht hatte, wo war der Hauseigentümer dann jetzt?

Gabriel fuhr den SUV vor und half Rhys auf die Füße. Rhys stieg zuerst in den Wagen und nahm Echos bewusstlosen Körper von Aeric entgegen. Er zog sie auf seinen Schoß und wiegte sie in seinen Armen, während sie ein abermals zurück zum Herrenhaus fuhren. Jede Faser seines Seins war begeistert von der Gelegenheit, sie berühren zu dürfen, auch wenn er sich Sorgen um ihren Zustand machte.

Auf der Rückfahrt überprüfte er ihren Puls und stellte fest, dass er normal war. Aufgrund dessen beschloss Rhys, dass sie wahrscheinlich nur an einem fiesen Fall von magischem Burnout litt, was schon mal vorkam, wenn eine Hexe große Mengen Energie aus ihrer inneren Quelle einsetzte und verbrauchte. Magische Energie wurde normalerweise aus einer natürlichen Magiequelle gewonnen, wie beispielsweise einem mystischen Objekt wie der Machtstein, der im Garten des Herrenhauses vergraben war. Sie konnte auch gewonnen werden, indem man sich die Energie aus bestimmten Naturphänomenen wie großen Wasserfällen zu Nutze machte oder sie aus dunkleren Quellen wie einem rituellen Opfer zog. Der Opfergabe von Lebensblut oder viel Schlimmerem. Echo musste eine lang angesammelte Energiereserve aus ihrem Inneren genutzt und diese voll-

ständig ausgeschöpft haben, denn auf der gesamten Rückfahrt zum Herrenhaus bewegte sie nicht einen Muskel.
Gabriel bot Rhys an ihm dabei zu helfen, Echo nach oben
zu tragen, doch Rhys lehnte ab. Er hatte sie gerade erst
gefunden und es bereits einmal fertiggebracht, sie fast zu
verlieren. Rhys musste sie anfassen, sie an seiner Seite haben
und er wollte dieses Privileg mit niemand anderem teilen.

Nicht heute Nacht und wenn es nach ihm ging, niemals.

Echo regte sich schließlich, als Rhys ihr die Schuhe
auszog und sie in sein Bett steckte. Sie öffnete ihre Augen
nur einen winzigen Spalt breit und blickte zu Rhys.

„Du bist… gut…", nuschelte sie. „Nicht verletzt…"

Rhys setzte sich mit einem Seufzen neben sie auf das
Bett und strich eine lange blonde Haarsträhne hinter ihr
Ohr. Sein Bär kämpfte sich wieder an die Oberfläche, weil
er sie berühren, sie schmecken, sie erobern wollte.

Sein Bär war ein Arschloch, das den Kontext nicht
verstand und heute Abend würde er nicht zufrieden sein.

„Dank dir, bin ich nicht verletzt", sagte Rhys, während
er auf Echo hinabsah.

„Gut."

Ihre Augen schlossen sich langsam und Rhys dachte, sie
würde wieder schlafen. Sie überraschte ihn allerdings,
indem sie sich mühsam aufrichtete und ihre Augen weiter
öffnete.

„Tee-Elle", sagte sie mit vor Sorge belegter Stimme. „Wo
ist Tee-Elle?"

Rhys wartete einen Moment, weil er nicht wusste, was er
darauf antworten sollte.

„Ich weiß nicht, wer das ist, Mädel."

„Wir waren bei ihrem Haus", erklärte Echo. Rhys
konnte sehen, welche Mühe es sie kostete, deutlich zu sprechen, weshalb er sie mit einer sanften Berührung zurück in
die Kissen drückte.

„Entspann dich einfach. Ist sie deine Freundin?", fragte er.

„Meine Tante", antwortete Echo, deren Worte nur als Wimmern erklangen. Ihre Unterlippe zitterte und die großen amethystfarbenen Augen füllten sich mit Tränen.

„Okay. Es ist okay. Ich werde Gabriel und Aeric holen und sie werden deine Tante finden. Mach dir keine Sorgen, Mädel."

Echo musterte ihn einen langen Moment, dann nickte sie zustimmend. Ein Teil von Rhys war sehr erfreut, dass sie ihm in dieser Sache vertraute und darauf, dass er sich um die Angelegenheit kümmern würde, wenn sie es nicht konnte. Er streichelte mit einem Daumen über ihre Wange und zog seine Hand weg, bevor er noch mehr ihrer Wärme und Weichheit suchen würde.

Nachdem er Aeric über die Situation in Kenntnis gesetzt hatte, schlüpfte Rhys aus seinen Stiefeln und Kampfhosen und kroch neben Echo ins Bett. Er konnte nicht widerstehen, zog sie dicht an sich und inhalierte ihren süßen, hellen Duft ein, während seine Augen zu schwer wurden, um sie noch aufzuhalten.

Rhys sank in einen tiefen und dunklen und traumlosen Schlaf.

KAPITEL ACHT

Echo

*W*ach auf, Liebling...
Wach auf...
Wach auf, Echo, Liebling...

Echo glitt aus einem wundervollen Traum zurück ins Bewusstsein. Ein Traum, in dem sie einen großen, dunklen und gut aussehenden Fremden geküsst hatte. Jemanden, der ihren ganzen Körper vor Wonne und Aufregung zum Kribbeln gebracht hatte. Ein Traum, den sie nicht gerne beendete, oh nein, ganz und gar nicht gerne.

Sie runzelte die Stirn, da sie noch nicht bereit war, ihre Augen zu öffnen und sich der Welt zu stellen. Woher hatte Rhys nur die Idee, sie aufzuwecken, nachdem sie sich selbst völlig verausgabt hatte, um ihn zu beschützen?

Und woher hatte Rhys nur die Idee, sie Liebling zu nennen?

Als Echo endlich die Augen aufklappte, fand sie ein

dunkles Zimmer vor. Sie brauchte mehrere Sekunden, um ihren Aufenthaltsort als Rhys' Schlafzimmer zu identifizieren, und Echo verschluckte beinahe ihre Zunge, als sie ihren Kopf drehte und Rhys neben sich ausgestreckt liegen sah. Sie konnte einfach nicht anders, als die dicke Decke anzuheben und darunter zu spähen. Als sie entdeckte, dass er noch immer ein T-Shirt und Boxershorts anhatte, war sie sich nicht sicher, ob sie erleichtert oder enttäuscht sein sollte.

Echo ließ die Decke wieder auf ihre Körper fallen und verspürte einen Anflug von Scham, weil sie Rhys beim Schlafen gemustert hatte. Auch wenn sie nicht gerade viel gesehen hatte, hegte sie keinerlei Zweifel daran, dass jeder einzelne Zentimeter von Rhys beeindruckend war.

Sie erstarrte, als sich etwas in ihrer Peripherie bewegte, ein geisterhaftes Flackern. Echo drehte den Kopf wie in Zeitlupe und schrie beinahe auf, als sie den einen Geist sah, mit dem sie niemals gerechnet hätte. Neben Echos Bett schwebend und die Stirn vor Sorge in Falten gelegt, befand sich der Geist von Cadence Caballero, Echos Mutter.

Echos Mund öffnete sich zu einem schockierten *O*. Unter den hunderten oder vielleicht auch tausenden Geistern, denen Echo begegnet war, manchen nur einmal und manchen immer wieder, war ihre Mutter kein einziges Mal gewesen. Ganz egal, wie sehr es sich die dreizehnjährige Echo gewünscht hatte, sie hatte nach deren Tod nicht einmal ein Flüstern ihrer Mutter vernommen.

„Echo", wisperte ihre Mutter. „Echo, Liebling."

„Mama?", keuchte Echo, deren Hand nach oben schnellte und sich auf ihre Lippen presste. „Bist du das?"

Cadence sah genauso aus, wie sie Echo in Erinnerung hatte. Ihre dicken blonden Haare waren zu einem französischen Zopf nach hinten frisiert und ihr Gesicht von weichen Locken umrahmt. Während ihr Gesicht glasklar war, war der Rest ihres Körpers verschwommen und verzerrt, als würde Echo sie aus weiter Ferne sehen. Sie musste sich sehr,

sehr tief im nächsten Reich befinden und Echo nahm an, dass es eine sehr große Anstrengung für sie war, durch den Schleier zu kommen.

„Echo, ich −" Cadence flackerte einen Moment und Echo schrie beinahe los, bevor ihre Mutter wieder erschien. Dieses Mal war ihr Bild kräftiger.

„Mama", wiederholte Echo, weil sie nicht wusste, was sie sonst sagen sollte. „Schhh."

Echo rutschte aus dem Bett und bedeutete ihrer Mutter, ihr aus dem Schlafzimmer und durch Rhys Gemächer zu folgen. Im Gästezimmer schloss Echo die Tür und wandte sich ihrer Mutter zu.

„Wir können, ähm... hier reden, schätze ich", sagte Echo. Sie wünschte, sie hätte sich besser auf das hier vorbereiten können, aber sie hatte schon vor langer Zeit die Hoffnung aufgegeben, jemals mit ihrer Mutter in Kontakt zu treten.

Jeden anderen Geist ließ sie normalerweise einfach reden. Deren Leben und Probleme hatten auf keine Weise irgendeine Auswirkung auf Echo, weshalb es nicht schlimm war, wenn sie nur beiläufig zuhörte und nickte. Bei ihrer eigenen Mutter hingegen... Was sollte man dem Geist seiner Mutter erzählen?

„Ich habe nicht viel Zeit", sagte Cadence und warf Echo einen flehenden Blick zu. „Du musst zuhören. Du bist in Gefahr, Liebling."

„Ich weiß, Mama. Ich wurde heute zweimal angegriffen", antwortete Echo, die versuchte den Knoten an Emotionen zu ignorieren, der sich in ihrer Brust formte.

„Du musst um jeden Preis beschützt werden. Du bist das Erste Licht, Liebling."

Echo hielt einen Augenblick verwirrt inne.

„Was ist das Erste Licht?", fragte sie.

„Deine Tante Ella und ich erforschten das Erbe des Baron Samedi, einfach nur zum Spaß. Tee-Elle und ich waren allerdings beide zu mächtig. Wir entdeckten mehr als wir hätten sollen. Wir entdeckten die heiligen Orte, an denen der Baron die Geheimnisse versteckt hatte, wie man den Schleier öffnen kann."

Echo zog die Nase kraus, denn sie konnte ihrer Mutter nicht folgen.

„Ich verstehe nicht, was das heißt, Mama."

„Wir wurden in etwas Größeres und Mächtigeres hineingezogen als wir verstanden. Wir kommunizierten mit Baron Samedi persönlich und er war außer sich vor Zorn, dass wir sein Geheimnis aufgedeckt hatten. Er versteckte die Geheimnisse des Schleiers erneut, aber dieses Mal versteckte er sie in drei Menschen statt an drei heiligen Orten. Die Drei Lichter nannte er euch."

Echos Mund öffnete und schloss sich mehrere Male, während sie sich bemühte, das Ganze zu verstehen. Ihre Mutter war nicht hier, um ihre Tochter vor der Gefahr zu warnen. Cadence war hier, um Echo zu erzählen, dass sie selbst eine Art verkorkster geheimer Voodoo-Talisman war und dass das Geheimnis beschützt werden musste.

Echo lachte doch tatsächlich. Natürlich war ihre Mutter nach all der Zeit nicht wegen ihr hergekommen.

„Richtig. Also wenn ich geholt werde, ist der Schleier in Gefahr. Was bedeutet, dass du auch irgendwie in Gefahr bist, stimmt's? Ist es das?", fragte Echo und verengte die Augen.

Die Lippen ihrer Mutter verzogen sich zu einem dünnen Strich.

„Das ist nicht der Grund, warum ich hier bin."

„Also, du hast in Sachen herumgestochert, die du nicht verstanden hast, und jetzt schwebe ich in großer Gefahr, weil Pere Mal weiß, dass ich... Was genau tun kann?", wollte Echo wissen.

Cadence schien sich einen Moment zu nehmen, um sich wieder zu sammeln, ehe sie antwortete.

„Das Erste Licht führt zum Zweiten und Dritten Licht. Wenn sie alle drei um sich geschart hat, könnte eine Hexe, die mächtig genug ist, den Schleier öffnen. Das würde das Ende der Welt der Menschen und der Geister, wie wir sie kennen, bedeuten", erklärte Echos Mutter.

„Klingt schlecht für dich", sagte Echo, deren Mund sich mit Bitterkeit füllte.

„Schlecht für jede Seele, Echo, lebendig oder tot."

Echo dachte einen Moment nach.

„Woher wusstest du, dass du jetzt kommen solltest?", fragte sie.

Cadences Miene verzog sich ärgerlich.

„Es gibt ein Informationsnetzwerk auf dieser Seite, genauso wie auf deiner. Als du deiner Magie heute freien Lauf gelassen hast, hat das Wellen geschlagen. Es gibt viele Kreaturen auf meiner Seite, die ihre Ohren an die Wand pressen, wenn man so will, und darauf warten, dass sich jemand wie du zeigt. Ich verbrauche eine Menge Ressourcen, um dich im Auge zu behalten, Echo. Du hast Glück, dass ich zu dir gekommen bin, bevor es jemand anderes getan hat."

„Offen gesagt, verstehe ich nicht, wie du es überhaupt hierhergeschafft hast. Die Schutzzauber des Herrenhauses sind umfangreich", sagte Echo.

Cadences Gesicht wurde ein wenig weicher, als würde sie in Erinnerungen schwelgen.

„Du erinnerst dich nicht. Ich war ziemlich mächtig, Echo. Das bin ich auf meine Art noch immer. Du hast deine Kräfte von mir."

Echo ergriff die Gelegenheit beim Schopf, als sie sich ihr bot.

„Und was habe ich von meinem Vater? Wer war er, Mama?"

Cadence schüttelte den Kopf.

„Das sollst du nicht wissen, Liebling. Er ist niemand, nicht wichtig. Du wirst ihn nie kennen, Echo."

Echo wurde wütend.

„Das ist es also? Du bist den ganzen Weg hierhergekommen, um mir zu erzählen, dass du mächtig bist, dass ich eine Art Schlüssel zum Reich der Geister bin und dass ich einfach... was? Vorsichtig sein soll? Das ist alles, das du mir zu sagen hast?"

„Nein. Da ist noch mehr", widersprach Cadence. „Ich sah den Mann, mit dem du im Bett warst. Du musst vorsichtig sein, Echo. Wenn du dein Herz verschenkst, gibst du auch deine Kräfte auf. Auf genau diese Weise bin ich gestorben, in dem Versuch, deinen idiotischen Vater zu retten."

Echo verspannte sich, weil sie nur einen winzigen Teil der Geschichte kannte.

„Erzähl es mir", flüsterte sie.

„Dein Vater hat versucht, gegen den Baron zu kämpfen, damit er dir das Licht wieder abnimmt. Du bist fast gestorben und er wurde durch die Tore von Guinee gezogen", erzählte Cadence, deren Stimme in Erinnerung an ihre damalige Wut hart wurde. „Ich bin ihm gefolgt, da ich dachte, ich wäre mächtig genug, um ihn zu retten, und dass unsere Liebe ein ausreichend starker Anker wäre. Dein Vater ist der Grund, warum ich dich nicht jede Nacht in den Schlaf gewiegt habe, Echo. Er hat uns voneinander ferngehalten."

Echo wich zurück, erschrocken von dem Zorn ihrer Mutter. Bevor sie antworten konnte, führte Cadence ihre Schmährede fort.

„Echo, wenn dich die dunklen Mächte holen, werden sie die anderen zwei Lichter finden. Wenn sie dich haben, sind du und Tee-Elle für mich verloren. Die Welt wird zerstört werden. Du musst –"

Cadences Mund bewegte sich noch einen Moment, aber

man konnte nichts hören. Cadence flackerte und wandte sich ab, als würde sie über ihre Schulter blicken. Sie sah kurz zu Echo zurück und Traurigkeit legte sich auf ihre Züge. Sie warf Echo eine Kusshand zu, während sie sich in Nebel auflöste und aus Echos Sichtfeld verschwand.

Echo saß auf dem Bett und versuchte durchzugehen, was sie gerade erfahren hatte. Ihre persönlichen Gefühle für ihre Mutter einmal ausgenommen, ergab nichts davon irgendeinen Sinn. Sie brauchte Antworten. Sie musste Tee-Elle finden.

Echo schlüpfte unter die Decken des Gästebettes in dem Versuch, Trost im Schlaf zu finden. Sie war immer noch erschöpft vom Vortag und ihr Körper verlangte nach Schlaf, aber ihre Gedanken waren ruhelos. Nach einer Stunde, in der sie sich hin und her geworfen hatte, verließ Echo das Gästebett und schlich zurück in Rhys' Zimmer, wo sie wieder neben ihn ins Bett kroch.

Er reagierte in seinem Schlaf auf sie, schlang einen Arm um ihre Taille und zog sie eng an sich. Echo ließ sich von seiner Wärme und seinem sauberen, einzigartigen männlichen Duft einlullen, bis sie erneut einschlief.

KAPITEL NEUN

Echo

*E*cho war noch nie in ihrem Leben so angespannt gewesen und das lag hauptsächlich an Rhys' Anwesenheit in ihrem Leben und in ihrem Bett in der Nacht.

Seit die Wächter sie zweimal wagemutig gerettet hatten, waren drei Tage vergangen und sie hatte bereits so Einiges über alle drei erfahren. Rhys war zum Beispiel mehr oder weniger ihr Anführer, was scheinbar daran lag, dass keiner der anderen beiden stabil genug für diese Verantwortung war. Laut Rhys neigte Gabriel zu Depressionen und wilden Nachforschungen über Magie, während derer er schon mal für mehrere Tage einfach verschwand. Aeric, so erzählte Rhys Echo, war extrem paranoid, launisch und ungehobelt. Darüber hinaus war er schrecklich im Umgang mit Menschen. Insbesondere Fremden.

Echo hatte auch gelernt, dass die drei Männer ihren Tag selbst gestalteten, aber sich im Großen und Ganzen an einen gemeinsamen Tagesplan hielten, der sich darum drehte, mehrere Kith Hotspots zu patrouillieren, an denen es Ärger geben könnte. Jeder Mann patrouillierte jede dritte Nacht das French Quarter, die drei heiligeren Friedhöfe, Congo Square und einige andere bekannte Orte der Magie.

Die zwei Männer, die in einer Nacht nicht auf Patrouille waren, waren dafür verantwortlich auf jegliche Vorfälle oder Notrufe zu reagieren, die in irgendeiner Weise in Zusammenhang mit den Kith standen, was Echo gerne als eine Art paranormale Notärzte betrachtete. Sie schlichteten Streits, untersuchten größere Verbrechen und töteten Dämonen und Kith, die sich unter ihren Mitmenschen Opfer suchten.

Echo war überrascht herauszufinden, dass Rhys seinen Tagesablauf sehr streng einhielt. Er stand früh auf, um zu trainieren und mit Gabriel oder Aeric Übungskämpfe auszutragen. Echo sah sie während der nächsten Tage kaum, da Pere Mals Taten in der ganzen Stadt Wellen geschlagen hatten, wodurch überall in New Orleans kleine Streitereien und Notfälle ausgebrochen waren. Die Wächter waren die meiste Zeit mit Aufträgen beschäftigt und überließen es Echo, das Herrenhaus zu erkunden und Duverjay über alles in Bezug auf das Wächter-Geschäft auszufragen.

An ihrem ersten Tag im Herrenhaus war sie allein in Rhys' Bett aufgewacht und hatte entdeckt, dass Duverjay den Schrank des Gästezimmers mit allen möglichen Kleidern und Schuhen und anderen Notwendigkeiten in ihrer Größe ausgestattet hatte. In jener Nacht hatte sie versucht im Gästebett zu schlafen. Doch um vier Uhr war sie aufgewacht und hatte festgestellt, dass Rhys um sie geschlungen war und leise schnarchte. Da es anscheinend nichts brachte, in getrennten Zimmern zu schlafen, schlief Echo in seinem Bett, aber sie hatten noch keinen ruhigen Moment gehabt, um… nun, irgendetwas zu besprechen.

Am dritten Tag hatte Echo das dringende Bedürfnis mit

Rhys zu reden. Um ehrlich zu sein, wurde sie geradezu besessen von ihm, aber sie hatte kein richtiges Verständnis davon, was all ihre… Dränge… bedeuteten. Fühlte er das Gleiche? War es einfach nur Schicksal oder irgendeine verrückte Bärengestaltwandler Geschichte? Und was war mit Tee-Elle – hatten die Wächter irgendeinen Fortschritt bei der Suche nach ihr erzielt? Duverjay war schweigsam und nutzlos, wenn es um dieses Thema ging, weshalb Echo wusste, dass sie Rhys die sprichwörtliche Pistole auf die Brust setzen und ihm einige Fragen stellen musste.

Nach einer langen, wunderbar heißen Dusche, in der sie die Unannehmlichkeit, mit einem völlig Fremden ein Bett zu teilen, weggewaschen hatte, zog sich Echo ein weiches weißes T-Shirt über und schlüpfte in eine enge Jeans. Auf der Suche nach Frühstück lief sie die Treppe nach unten, während sie an das fantastische Omlett dachte, dass Duverjay ihr am Vortag zubereitet hatte. Da sie das Erdgeschoss verlassen vorfand, schlenderte sie weiter zum Fitnessraum.

Nichts hätte Echo auf den Anblick der drei Wächter vorbereiten können, die bis zur Taille nackt waren und heftig schwitzten, während sie mit hölzernen Übungsschwertern aufeinander losgingen. Sie beobachtete sie einige Minuten und genoss ihr neckendes Geplänkel und Fopperei, bevor Rhys ihre Anwesenheit bemerkte.

Seine Konzentration für den Schwertkampf kam ihm abhanden und Gabriel rang Rhys sofort nieder und fixierte den Schotten mit einem Triumphschrei am Boden.

„Endlich hab ich dich, du Mistkerl!", krähte Gabriel, warf sein Schwert zur Seite und half Rhys auf die Füße.

„Er wurde von Echo abgelenkt", merkte Aeric an und nickte, um Gabriels Aufmerksamkeit auf ihr Publikum zu lenken. „Das zählt nicht."

Echo errötete und lief zu ihnen, eine Entschuldigung auf der Zungenspitze. Sie bemühte sich wirklich sehr, aber sie konnte einfach nicht aufhören, Rhys' perfekt geformte Bauchmuskeln, breite Schultern und Brustmuskeln, muskulösen Arme und Rücken anzustarren.

„Das ist egal. Wenn das hier echt gewesen wäre, dann wäre er jetzt auch am Ende. Das hat er mir beigebracht", erwiderte Gabriel mit einem Achselzucken.

„Auch wieder wahr", sagte Aeric.

„Ihr könnt mich beide mal kreuzweise", erklärte Rhys, wischte sich über die Stirn und wandte sich an Echo. „Und dir ein Hallo."

Echo schenkte ihm ein sanftes Lächeln und schaffte es endlich, ihren Blick von seinem Hammerkörper loszueisen.

„Sorry, dass du wegen mir verloren hast", sagte sie belustigt. „Ich dachte, du könntest vielleicht eine Pause machen und mit mir frühstücken."

„Natürlich. Ich bin sowieso fertig für den Morgen", entgegnete Rhys, obwohl Echo sehr genau wusste, dass er normalerweise mindestens den halben Tag im Fitnessraum blieb, wo er Sparring- oder Schießübungen mit verschiedenen Waffen machte. Diese Art von Durchhaltevermögen verblüffte sie wirklich. Um Himmels willen, Echo war schon nach einer einzigen Stunde Yoga völlig am Ende.

Echo ignorierte den anzüglichen Blick, den Gabriel mit Aeric wegen ihrer Einladung, gemeinsam Zeit zu verbringen, austauschte. Rhys warf beiden einen bedrohlichen Blick zu und wandte sich dann wieder ihr zu.

„Ich habe auch Neuigkeiten für dich", sagte Rhys und holte sich sein Shirt, das am anderen Ende der Sparringmatte lag. „Wie wäre es, wenn ich dusche und wir uns dann in meiner Bibliothek treffen? Ich kann Duverjay sagen, dass er uns etwas zum Essen raufbringen soll."

Echo nickte, denn sie war schon wieder abgelenkt. Sie war ein klitzekleines bisschen traurig ihn dabei zu beobachten, wie er sein Shirt wieder anzog und die schweißüberzogene Pracht seines Oberkörpers bedeckte. Er erwischte sie beim Starren und zog amüsiert eine Braue hoch, weshalb sie so rot wie eine Tomate wurde. Zum Glück sagte er nichts.

Egal! Echo hatte ihn gestern dabei ertappt, wie er ihren Hintern angestarrt hatte. Obwohl Echo sich nicht für die schärfste Braut des Planeten hielt in Anbetracht der Tatsache, dass sie genügend Kurven für drei oder vier dünnere Frauen hatte, war es dennoch offenkundig, dass Rhys ein großes Interesse an ihr hatte.

Nur ein weiterer Punkt auf der Liste der Dinge, die sie besprechen mussten. Und das mussten sie bald tun, denn seit Echos Ankunft im Herrenhaus waren sie zwei weitere Male kurz davor gewesen, die Lippen des anderen zu erkunden. Sie wollte die Chemie zwischen ihnen erforschen, mehr als sie jemals irgendetwas mit einem anderen Mann hatte ausprobieren wollen, aber sie musste wissen…

Etwas. Sie war sich nicht ganz sicher was, was sogar noch frustrierender war.

Rhys lief mit ihr ins Haupthaus und die Treppe hoch in sein Wohnzimmer, wo er sie allein ließ, um Duschen zu gehen. Echo blätterte einige der Bücher durch, die auf dem Tisch in seiner Bibliothek lagen und war überrascht, dass er eine Anzahl Bücher und Schriftrollen über die Drei Lichter hatte.

Anscheinend nahm Rhys ihre Situation sehr viel ernster, als sie ihm zugetraut hatte. Sie sah sich an, was er auf dem Tisch liegen gelassen hatte und verlor sich schnell in den Informationen, die sie entdeckte.

„Irgendwas Gutes dabei?"

Echo drehte sich um, als Rhys breiter Akzent erklang, der Gänsehaut auf ihren Armen entstehen ließ. Sie wandte sich vollständig um, sodass sie ihn im Türrahmen stehen sah. Jetzt hatte er sogar noch weniger Kleider an als vorhin im Fitnessraum.

Er war praktisch nackt bis auf ein dickes dunkelblaues Handtuch, das er tief um seine Hüften gewickelt hatte, und seine gebräunte Haut und rotbraunen Haare waren noch feucht. Er hatte seinen Bart fast vollständig abrasiert, doch der rötliche Schimmer war nach wie vor offenkundig. In seinen Augen funkelte es vergnügt und Echo wurde bewusst, dass er genau wusste, welchen Effekt er auf sie hatte.

„Warum passiert das?", platzte es aus Echo heraus, während ihre Augen auf seine Brust sanken, dann seine Bauchmuskeln, dann zu der Art, wie sich das Handtuch an seine... *Hüften*... schmiegte...

Ehe sie sich dessen bewusst war, gab sie ihre Recherche auf und rückte näher zu Rhys, während sie seine muskulöse Perfektion mit Blicken verschlang.

„Warum passiert was, *lass*?", fragte er mit hochgezogener Braue. Echo bemerkte in diesem Moment, dass er das immer tat, die Augenbraue und den Spitznamen, wenn er sie provozieren wollte.

Sie leckte über ihre Lippen, während sie über eine Antwort nachdachte.

„Diese... diese Anziehungskraft zwischen uns", antwortete sie errötend. „Ich habe das noch nie bei irgendjemandem gefühlt und wir haben nicht einmal... irgendwas gemacht."

Rhys' Lippen kräuselten sich bei ihrer Umschreibung schalkhaft.

„Gevögelt, meinst du?", fragte er.

„Ja", bestätigte Echo und spürte, dass sich die Hitze auf ihren Hals und Brust ausbreitete. Dieses Wort aus seinem Mund, mit diesem Akzent, es war einfach unfair.

„Merk dir diesen Gedanken", ordnete Rhys an und verschwand.

Echo stöhnte und ließ sich auf eines der Sofas fallen, über alle Maßen unzufrieden. Rhys tauchte innerhalb einer Minute wieder auf. Dieses Mal trug er ein weißes T-Shirt und Jeans, die sich an ihn schmiegten wie ein Handschuh.

„Ich glaube, dass es nicht angebracht ist, dieses Thema

nur mit einem Handtuch bekleidet zu besprechen", gestand er mit einem Achselzucken. Er setzte sich so nah neben sie, dass sie sich fast berührten.

„Also gibt es etwas, über das wir reden müssen", mutmaßte Echo und blickte ihm prüfend ins Gesicht.

„*Aye*. Ich dachte, du würdest es eventuell wissen, aber vielleicht ist es für Hexen nicht das Gleiche."

Echo schüttelte den Kopf.

„Ich habe noch nie von… was auch immer das hier ist, gehört", sagte sie.

Rhys ließ sich eine Minute Zeit mit seiner Antwort, in der er mit zwei Fingern ihre Schulter und Arm hinabstrei-chelte, was sie erschaudern ließ.

„Wir sind vom Schicksal vorherbestimmt, Echo."

Echos Blick schnellte zu seinem.

„Wie bitte?", fragte sie.

„Vom Schicksal vorherbestimmt. Im Sinne von, für einander bestimmt, für einander geschaffen."

„Ich – ich weiß, was vom Schicksal vorherbestimmt heißt. Es ist der andere Teil, den ich nicht verstehe", sagte sie, wobei sich ihre Stirn in Falten legte.

„Wir sind Gefährten, *lass*. Es gibt nur eine Person für jeden Gestaltwandler, weißt du, und für mich bist das du."

Echo holte Luft und überdachte seine Worte.

„Gibt es dann auch für mich nur eine Person? Denn ich hatte feste Freunde, weißt du."

Rhys Blick verhärtete sich einen Augenblick, aber er schüttelte den Kopf.

„Es ist okay, wenn es andere gegeben hat, für jeden von uns beiden. Wir konnten schließlich nicht wissen, dass wir für einander vorherbestimmt sind, bis wir einander begeg-neten. Es ist so ähnlich wie…", begann er und verstummte dann.

„Liebe auf den ersten Blick?", fragte Echo mit einem skeptischen Blick.

„*Aye*. Du wirst es noch sehen", bestätigte er. Sein Daumen, der von dem vielen Schwerttraining Schwielen hatte, strich hauchzart über ihr Schlüsselbein und Echo spürte, wie ihre Brustwarzen hart wurden.

„Also fühlen wir uns zu einander… hingezogen", stellte Echo fest in dem Versuch, auf den Grund des Ganzen vorzudringen. „Vielleicht dazu bestimmt, aufeinander zu treffen. Was noch?"

Rhys war darauf konzentriert mit langsamen, rhythmischen Bewegungen über ihr Schlüsselbein zu streicheln.

„Alles. Es wird nie einen anderen für einen von uns geben, *lass*. Wenn wir die Bindung vollzogen haben und ich dich markiere – "

„Mich markieren? Wie… mit deinen Zähnen?"

„*Aye*", bestätigte Rhys, dessen Blick nach oben wanderte und Echo taxierte. „Wie ich gehört habe, soll es für beide Parteien recht vergnüglich sein."

Echo fiel darauf keine vernünftige Antwort ein.

„Dann sind wir zwei aneinander gebunden, für immer", beendete Rhys seine Erklärung.

Zu Echos Überraschung nutzte er ihre momentane Unfähigkeit, in irgendeiner Art zu reagieren, nicht aus, um näher zu ihr zu rutschen. Stattdessen entfernte er sich von ihr und lief um den Tisch, von dem er eine zerknitterte Schriftrolle hob.

Er sah auf und verzog das Gesicht entschuldigend. „Ich weiß, es ist sehr viel auf einmal. Wir müssen nichts überstürzen, *lass*."

Allein der Klang des Wortes *lass*, mit dem er sie 'sein Mädchen' nannte, törnte Echo an, und trotzdem konnte sie sich nicht überwinden, das Rhys auch zu sagen. Er schüchterte sie ein, weil er so klug und sexy und weise war. Echo war nur eine einheimische Frau, die in einem lausigen Voodoo-Shop arbeitete, der Artikel für Touristen verkaufte. Sie konnte ihre eigene Magie nicht kontrollieren und aufgrund ihrer Kindheit war sie mehr als ein bisschen verkorkst. Die Vorstellung, dass sie und Rhys irgendwie vom Kosmos für einander bestimmt worden waren, war fast schon komisch.

Nicht, dass ihr verräterischer Körper denken würde, dass die Verbindung mit Rhys ein Ding der Unmöglichkeit war. Nein, ihre Hormone flogen wild durcheinander wie die einer Sechzehnjährigen auf dem Junior Prom. Ein Teil von Echo vermutete, dass Rhys genau wusste, wie angetörnt sie war, und dass er sich lediglich dazu entschlossen hatte, das nicht auszunutzen oder anzusprechen.

Echo schüttelte nur den Kopf. Dankenswerterweise ließ Rhys das Thema ruhen und widmete sich stattdessen den Nachforschungen, die er zu den Drei Lichtern angestellt hatte. Sie wurden hier und da mal erwähnt, hauptsächlich in den letzten zwanzig Jahren. Was Echo viel mehr interessierte, waren die drei Erwähnungen in den viel älteren Texten, von denen einer fast zweihundert Jahre vor Echos Geburt verfasst worden war.

War das noch mehr kosmischer Schicksalsquatsch? Warum hatte es das Universum diese Woche darauf abgesehen, ihr das Leben schwer zu machen? Bis vor wenigen Tagen hatte sie nicht ein einziges Problem mit der Kith-Welt gehabt. Heute wurde sie von Möchtegern-Weltzerstörern gejagt und von einem riesigen, tierisch attraktiven Bärengestaltwandler umworben.

Was war nur los?

„Hinter all dem steckt eine Geschichte", seufzte Echo, nachdem Rhys ihr von dem wenigen berichtet hatte, das er wusste. „Es ist eine Familienangelegenheit, schätze ich."

Rhys Augenbrauen schnellten in die Höhe.

„Du wusstest bereits, dass du das Erste Licht bist?", wollte er wissen.

„Nicht ganz", erwiderte Echo, zog sich einen Stuhl heran und ließ sich darauf nieder. Rhys setzte sich ihr gegenüber und Echo konnte seinen Blick auf sich spüren, als sie ihre Finger im Schoß verknotete und sich zu entscheiden versuchte, wie viel sie ihm offenbaren sollte.

„Echo, erzähl es mir einfach", verlangte Rhys.

„Nun… du weißt, dass ich eine Hexe bin."

Rhys nickte, sein Gesichtsausdruck war geduldig. Echo sprach weiter: „Nun, ich bin auch ein Medium. Ich sehe Geister."

Sie machte eine Pause, um das sacken zu lassen, doch Rhys wirkte unbeeindruckt.

„Also wurdest du irgendwann in der Vergangenheit über die Drei Lichter in Kenntnis gesetzt", mutmaßte Rhys.

„Vor nicht allzu langer Zeit, um ehrlich zu sein. Meine Mutter ist mir vor ein paar Tagen erschienen und hat mir einen Teil der Geschichte erzählt."

Echo berichtete ihm rasch von ihrem Gespräch und Rhys wirkte perplex.

„Warum hast du nicht nachgebohrt? Deine Mutter hätte dir doch sicherlich noch mehr erzählt, wenn du nachgefragt hättest", sagte er.

„Wir haben nie… unsere Beziehung war nicht gut, als sie noch lebte. Und ich war so jung, als sie starb, nur sechs Jahre alt. Ich habe sie nie richtig kennengelernt, schätze ich", erklärte Echo mit einem defensiven Schulterzucken.

Rhys streckte seine Hand aus, nahm ihre Finger auf dem Tisch gefangen und verflocht sie mit seinen.

„Es tut mir leid, *lass*. Das wusste ich nicht. Dann hat dich deine Mutter nicht oft besucht?", erkundigte er sich mit vor Sorge warmer Stimme.

„Nein. Das war das erste… das *einzige* Mal", antwortete Echo mit zitternder Stimme.

Rhys Augen verengten sich kurz, aber er wühlte nicht weiter in Echos Vergangenheit.

„Hat dir deine Mutter noch irgendetwas anderes erzählt?", fragte er.

„Nur, dass ich mich zur Zielscheibe gemacht habe. Bis Pere Mal bekommt, was er will, stelle ich für jeden, der mich versteckt, eine Gefahr dar. Und wenn er mich in die Finger bekommt, wird er mich dazu benutzen, um die anderen zwei Frauen zu finden. Wie man es dreht und wendet, ich kann nicht gewinnen", sagte Echo, deren Schultern nach unten sackten.

„Nun", hob Rhys in behutsamem Tonfall an, „in einer Sache hat sie recht. Wir können nicht zulassen, dass Pere Mal an dich rankommt. Das ist jedoch vor allen Dingen für meine eigene Seelenruhe."

Sein sanfter Witz entlockte Echo ein halbes Lächeln und sie warf ihm einen dankbaren Blick zu.

„Dann wird dir der letzte Ratschlag meiner Mutter nicht gefallen. Sie hat mir geraten, mich von dir fernzuhalten, weil ich mich letzten Endes nur für dich opfern würde."

Echo entging die schwarze Wolke nicht, die über Rhys Gesicht huschte, aber er drückte ihre Finger bloß und gab sie frei.

„Hast du schon mal einen magischen Spiegel benutzt?", fragte Rhys und wechselte das Thema.

„Ein paar Mal mit Tee-Elle", antwortete Echo.

„Gabriel arbeitet bereits daran, aber ich denke, es könnte helfen, wenn du mit dem Spiegel nach ihr suchst, weil du sie so gut kennst. Er besitzt keine aktiven Erinnerungen, auf die er zugreifen kann, was sehr hilfreich sein kann."

Sie arbeiteten den gesamten Morgen hindurch und weit in den Nachmittag hinein. Sie machten lediglich eine kurze Pause, um die Snacks zu verspeisen, die Duverjay ihnen hochgebracht hatte. Echo versuchte in dem Spiegel nach ihrer Tante zu suchen, doch es machte den Anschein, dass der Ort, an dem ihre Tante festgehalten wurde, viel zu gut versteckt war.

Daher widmeten sie sich stattdessen Recherchen über Pere Mal und versuchten, herauszufinden, wo er ein wertvolles Druckmittel wie Tee-Elle verstecken könnte. Die gesamte Zeit, in der sie zusammen arbeiteten, nahm Echo es überdeutlich wahr, wenn ihre Haut Rhys' streifte, wenn sich ihre Hände berührten oder sein Blick sie versengte. Einmal ertappte sie sich dabei, wie sie über ihre Lippen leckte, während sie seinen Mund betrachtete.

„Denkst du nicht?", hakte Rhys nach und berührte ihre Schulter, weshalb sie erschrocken einen Satz machte.

„Was?" Echo sah errötend auf. Rhys schien sich darum zu bemühen, nicht zu lächeln, dennoch zeigte sich ein tiefes Grübchen in seiner Wange, während er ihr einen wissenden Blick zuwarf.

„Das Heim seiner Ahnen in Algiers Point", wiederholte Rhys und lenkte ihre Aufmerksamkeit zurück auf die Stadtkarte, die sie auf dem Tisch ausgebreitet hatten. „Wenn die Quellen, die wir gelesen haben, stimmen, dann hat er dort höchstwahrscheinlich noch immer ein Haus. Oder vielleicht hält er Tee-Elle in einem der Lagerhäuser außerhalb der Stadt in der Nähe von Gentilly fest. Du kennst New Orleans besser als ich, was denkst du?"

„Oh. Äh, richtig", sagte Echo. „Algiers Point ist eine recht nette Nachbarschaft. Ich kann mir nicht vorstellen, dass niemand ein Haus bemerkt, in dem Pere Mal Geiseln gefangen hält. Gentilly ist wahrscheinlicher, da es dort in manchen Gegenden weniger Cops und mehr verlassene Gebäude gibt."

„Ich werde es Aeric und Gabriel mitteilen. Wir können uns auf unsere Suche konzentrieren, während wir einen Angriffsplan schmieden", schlug Rhys vor.

Eine Stunde später hatten Echo und Rhys genug für den Tag.

„Wenn ich mir noch eine einzige Zeile winzigen lateinischen Textes anschauen muss, werde ich zu schielen anfangen", verkündete Rhys und legte das verstaubte Buch beiseite, das er gelesen hatte.

Echo ließ nickend eine Schriftrolle auf den Tisch fallen.

„Mir geht's genauso. Außerdem bekomme ich so langsam Hunger."

„Ich esse normalerweise mit Aeric und Gabriel, aber sie werden heute Abend beide arbeiten oder patrouillieren, denke ich", sagte Rhys, wobei er nachdenklich wirkte. „Wie wäre es, wenn ich uns von Duverjay etwas zum Abendessen bringen lasse und wir einfach…"

Er unterbrach sich, da er anscheinend nicht in der Lage war, den Satz zu beenden. Echo erkannte, dass Rhys nach dem richtigen Ausdruck suchte und keinen fand. Obwohl seine Sprechweise perfekt war, manchmal schon fast zu förmlich, konnte sie spüren, dass er immer noch Probleme mit dem Slang hatte.

„Abhängen?", schlug sie schmunzelnd vor.

„Richtig, ja", sagte Rhys und verdrehte die Augen.

Rhys zog sein Handy raus und verschickte eine Reihe SMS, vermutlich bestellte er das Abendessen bei Duverjay.

„Hängt man in Schottland nicht ab?", fragte Echo, als er damit fertig war.

„Nicht in der Mitte des achtzehnten Jahrhunderts", antwortete Rhys.

Echo stockte der Atem in der Brust.

„Wie bitte?", keuchte sie erschrocken von seinen Worten. „Machst du Witze?"

Rhys schien zu bemerken, dass ihm ein Schnitzer unterlaufen war und er besaß wenigstens die Geistesgegenwart leicht verlegen auszusehen.

„Ah. Ja, früher oder später wäre ich darauf noch zu sprechen gekommen", sagte er. Er sprang auf und beschäftigte sich damit, eine Filmleinwand von der Decke gegenüber den Sofas herunterzuziehen.

„Ähh… wann genau hattest du vor, mir zu erzählen, dass du… was, ein Zeitreise-Bärengestaltwandler bist?", fragte Echo schnaubend und verschränkte die Arme. „Was für ein unfassbares Glück ich doch habe."

Rhys warf ihr einen schuldbewussten Blick zu.

„Ich wusste nicht so recht, wie ich es dir erzählen sollte. Es klingt verrückt, nicht wahr?"

Echo ließ sich seine Worte einen Moment durch den Kopf gehen.

„Ich schätze, du solltest damit anfangen, mir deine Geschichte tatsächlich zu erzählen, und nicht einfach nur diese Bombe platzen zu lassen", erwiderte sie.

Rhys nahm ihre Hand und zog sie zur Couch. Echo setzte sich neben ihn, aber nicht zu nah neben ihn. Rhys stellte mit ihrem Gehirn eigenartige Dinge an, wenn er sie berührte, und für dieses Gespräch brauchte sie einen klaren Kopf.

„Es begann, als ich vierzehn war und ich anfing, in meine Bärengestalt zu schlüpfen", erzählte er ihr. „Meine Ma ist jung gestorben und daher gab es nur mich, meinen Vater und meinen Bruder. Ich bin der älteste Sohn."

Echo brach sofort ihre eigene Regel, indem sie ihre Hand ausstreckte und ihre Finger mit seinen verschränkte, um ihm schweigend Mut zuzusprechen. Rhys zeichnete beim Sprechen mit dem Daumen sanfte Kreise auf ihre Handfläche und beruhigte sie ebenfalls.

„Mein Bruder und mich trennte nur ein Jahr und wir stritten uns sehr oft. Mein Vater stellte uns beide vor die Wahl. Entweder könnten wir einen Lehrer nehmen und unseren Geist erweitern oder jeden Tag auf den Trainingsplatz gehen und das Kriegsgeschäft erlernen." Rhys lächelte, wahrscheinlich weil er sich an schöne Ereignisse erinnerte. „Ich entschied mich natürlich für den Kampf. Mein Bruder wählte die Bücher. Als ich mit neunzehn Jahren das Erwachsenenalter erreichte, verließ ich mein Zuhause und kämpfte für den König."

„Wie heißt deine Stadt?", fragte Echo nach.

„Tighnabruaich", antwortete Rhys.

Echo kicherte über das unaussprechliche Wort.

„Sorry", entschuldigte sie sich. „Das ist der schottischste Name, den ich jemals gehört habe."

„*Aye*", stimmte Rhys zu und neigte den Kopf, um ein liebevolles Lächeln zu verbergen. „Es ist ein sehr schottischer Ort."

„Also was ist passiert, das dich hierher gebracht hat? Oder sollte ich sagen, ins Jetzt?"

Rhys Lächeln verblasste.

„Mein Vater und Bruder starben ganz plötzlich aus mysteriösen Gründen. Der benachbarte Laird war gierig und nutzte die fehlende Führerschaft sofort aus. Er wollte Tighnabruaich seinen Ländereien hinzufügen."

„Und du warst noch immer fort?", fragte Echo.

„*Aye*. Auf Abenteuersuche, wie ich es nannte. Ich flirtete mit Frauen und füllte meinen Beutel mit Gold, während mein Clan schrecklich litt."

Echo zuckte bei der bitteren Wut in seiner Stimme zusammen.

„Du wusstest es nicht", sagte sie.

„Ich hätte nie gehen sollen. Als ich schließlich zurückritt, war Tighnabruaich mehr oder weniger ein Trümmerfeld. Es gab kaum noch genug Männer, um die Frauen und Kinder zu beschützen. Wir mussten einpacken, was wir konnten, und wie Feiglinge fliehen. Es… ich konnte sie nicht retten."

Echos Augen weiteten sich und ihr Herz verkrampfte sich schmerzhaft.

„Sie sind gestorben?", keuchte sie.

„Nicht ganz. Sie wären gestorben, wäre die Hexe nicht gewesen." Rhys fing Echos verwirrten Blick auf und nickte. „Mere Marie. Sie bot mir einen Pakt an."

„Sie hat deinen Clan gerettet?", fragte Echo.

„*Aye* und meinen Bruder noch dazu. Diesen Deal konnte ich einfach nicht ausschlagen."

„Was genau hat sie im Gegenzug erhalten?", wollte Echo wissen und biss auf ihre Lippe.

„Meine Loyalität und Dienste, bis zu dem Zeitpunkt, an dem…", Rhys stoppte, als wäre ihm plötzlich etwas eingefallen. Er ließ ein rumpelndes Gelächter verlauten und schüttelte den Kopf. „Kein Wunder, dass sie so unhöflich zu dir war. Sie wird mich verlieren, sobald ich dich markiert habe."

„Ich verstehe nicht", sagte Echo und rümpfte die Nase.

„Mach dir keine Sorgen. Ich sollte doch meinen, dass wir noch ein wenig Zeit haben, bevor wir diesen Punkt erreichen", erwiderte Rhys.

Es klopfte an der Tür und Duverjay trat mit einem großen Serviertablett ein.

„Danke, Duverjay, du kannst es auf den Tisch stellen", sagte Rhys.

Duverjay tat wie geheißen, warf Rhys und Echo einen neugierigen Blick zu und anschließend verschwand der Butler wieder.

„Sollen wir am Tisch essen?", fragte Echo und spähte zu den Platten mit den Silberhauben, die Duverjay gebracht hatte.

„Tatsächlich habe ich eine bessere Idee", meinte Rhys, dessen Gesicht von einem unerwarteten Grinsen erhellt wurde. „Warte kurz."

Er verschwand abermals in seinem Schlafzimmer und kehrte mit einer großen, flauschigen Decke zurück. Er breitete sie auf dem Boden vor den Sofas aus und warf Echo einen fragenden Blick zu.

„Im Picknick-Stil, hm?", fragte Echo schmunzelnd. „Sehr romantisch."

Rhys schenkte ihr ein Lächeln, das Echos Lieblingsprofessor in englischer Literatur als ʻgeradezu galantʻ bezeichnet hätte, und ihr Herzschlag beschleunigte sich leicht. Sie nahm an, wenn sie schon jemandem kosmisch vorherbestimmt sein musste, sollte sie sich glücklich schätzen, dass es wenigstens mit jemandem war, der sie *so* ansah.

Echo rollte fast über sich selbst mit den Augen, als Rhys ging und das Tablett mit ihrem Abendessen holte. Ein paar kokette Lächeln und eine Menge sexuelle Frustration hießen nicht, dass sie sich einfach auf den Rücken rollen und dieser vorherbestimmten Gefährten-Sache zustimmen sollte. Zum Kuckuck, sie war noch immer nicht davon überzeugt, dass sie irgendetwas davon Glauben schenken sollte.

„Hier", sagte Rhys, nahm die Fernbedienung in die Hand und schaltete den Projektor an. Eine ellenlange Liste an Filmen und Serien flackerte über die Leinwand, woraufhin er Echo die Fernbedienung reichte. „Deine Wahl, da ich so romantisch bin."

Sie machten es sich auf der Decke gemütlich und Rhys entfernte die Essenshauben. Echo lief augenblicklich das Wasser im Mund zusammen, als sie sah, dass Duverjay ihnen zwei perfekt gebratene Filet mignons, sautierte Pilze und gegrillten Spargel gebracht hatte.

„Ah, ich denke, uns fehlt noch eine wichtige Komponente", stellte Rhys fest. „Such etwas aus, das wir anschauen können, und ich bin gleich wieder zurück."

Er verließ das Wohnzimmer und trat hinaus auf die Galerie, wahrscheinlich um nach unten zu gehen. Echo scrollte sich durch die Filme auf seiner Liste und stellte überrascht fest, dass er eine sehr breitgefächerte Auswahl hatte. Neben einer Menge aktueller Actionfilme befanden sich auch die Harry Potter Filme zusammen mit einer Anzahl älterer Klassiker auf der Liste.

Rhys kam mit zwei großen Weingläsern und einer Flasche Rotwein zurück und sah äußerst zufrieden mit sich aus.

„Bitte sag mir, dass du Wein magst", flehte er, als er sich neben sie setzte.

Echo lachte.

„Ja, natürlich. Im College habe ich gekellnert, weshalb ich mich ein wenig mit Wein auskenne."

Rhys sah erleichtert aus.

„Ich war nur auf einem Date, seit ich nach New Orleans kam, und das Mädel hat keinen Wein getrunken. Sie mochte nur einen Amaretto Likör mit Sour Mix."

Rhys schüttelte sich und Echo brach in Gelächter aus.

„Das ist furchtbar", sagte sie, während sie ein Glas von ihm entgegennahm. Sie beobachtete einen Augenblick, wie er mit dem Korkenzieher kämpfte und versuchte, den Korken aus der Flasche zu ziehen. „Warte, lass mich mal. Ich bin Profi."

Rhys zog skeptisch eine Augenbraue hoch, aber reichte ihr die Flasche und den Korkenzieher. Als Echo den Wein ohne Weiteres entkorkte und in ihre Gläser goss, bedachte Rhys sie mit einem bewundernden Blick.

„Nützliche Fertigkeit", sagte er.

„Je schlimmer mein Tag war, desto nützlicher wird sie", scherzte sie, stellte die Flasche beiseite und nahm einen Schluck von dem Wein. Es war ein vollmundiger und fruchtiger Cabernet Sauvignon und Echo konnte schmecken, dass es ein exzellenter und teurer Jahrgang war.

„Den hast du von unten geholt?", fragte sie überrascht.

„Ah…" Rhys schenkte ihr ein weiteres seiner spitzbübischen Lächeln. „Eigentlich habe ich ihn aus Gabriels Räumen stibitzt. Seine Bar ist immer komplett bestückt für den Fall, dass er ein Mädel nach Hause bringt."

„Darüber möchte ich nicht urteilen", sagte Echo, „aber er hat wenigstens einen guten Weingeschmack."

„Es ist ein Unterschied wie Tag und Nacht zu den Weinen, die ich in Tighnabruaich getrunken habe. Ich mochte schon immer Wein, aber dieser hier ist so viel klarer und samtiger", erklärte Rhys und schwenkte den Cabernet in seinem Glas. „Hast du einen Film ausgesucht?"

„Ich habe Harry Potter auf deiner Liste entdeckt. Hast du die Filme schon gesehen?", fragte Echo.

„Noch nie."

„Oh, nun dann werden wir die anschauen müssen."

„Ich hatte gedacht, eine Hexe würde sie zu albern finden", meinte Rhys und warf ihr einen spekulativen Blick zu. „Ich dachte, die meisten jungen Hexen würden sich täglichem und stundenlangem Magietraining verschreiben. Daher ging ich davon aus, dass du nichts anschauen wollen würdest, dass sich darüber lustig macht."

„Ich mag die Filme, *weil* sie albern sind. Magie ist nichts, das ich in meiner Kindheit und Jugend geübt habe. Also waren die Filme für mich trotzdem witzig. Genau genommen... wenn wir ehrlich miteinander sein wollen, Rhys, ich habe keine große Kontrolle über meine Kräfte."

Rhys nippte an seinem Wein und nickte.

„Ich habe bemerkt, dass du im Kampf recht unsicher gewirkt hast", sagte er. „Ich dachte, du würdest es mir schon erzählen, wenn du wolltest, dass ich es weiß."

Echo antwortete nicht, denn der Film begann. Daher richtete Rhys ihr einen Teller mit Steak und Gemüse, ohne sie weiter zu drängen. Sie aßen schweigend, da sie sich in den Film und das Essen vertieften. Duverjays Essen war nichts Geringeres als exzellent gewesen, seit Echo das Herrenhaus betreten hatte, und auch diese Mahlzeit bildete da keine Ausnahme.

Nachdem sie mit dem Essen fertig waren, trug Rhys das gesamte Tablett zurück zum Tisch und zog einige übergroße Kissen vom Sofa, die er gegen selbiges lehnte, um einen bequemen Platz zum 'Abhängen' zu schaffen.

Ohne den Film zu stoppen, zog er Echo an seine Seite, drückte sie an sich und legte einen muskulösen Arm um ihre Schultern. Sie lehnte sich instinktiv an ihn und das füllende Essen in Kombination mit seiner Körperwärme lullte sie in den Schlaf.

Als sie aufwachte, war Harry Potter schon längst zu Ende und Rhys schaute eine Doku über Martin Luther King Jr., wobei er sein Gesicht in höchster Konzentration verzogen hatte. Echos Gesicht war an Rhys' Hals vergraben und ihre Haare fielen wie ein Vorhang über sie beide. Echo war es ein wenig peinlich, dass sie sich im Schlaf so an ihn geklammert hatte, obwohl es zu erwarten gewesen war. Sie teilten sich mittlerweile seit mehreren Nächten ein Bett und Echo war sich ziemlich sicher, dass sie und Rhys den Groß- teil dieser Nachtstunden aneinandergeschmiegt verbrachten.

Echo erlaubte es sich, seinen wunderbaren Duft ein paar Mal tief einzuatmen, bevor sie sich von ihm löste und über ihr Gesicht rieb. Zum Glück hatte sie während ihres Steak- verursachten-Nickerchens nicht auf ihn gesabbert.

„Oh… hey", sagte sie, da sie ein wenig verlegen war.

„Hey du", erwiderte Rhys. Abwesend drehte er den Kopf und streifte mit seinen Lippen über Echos Wange in der Nähe ihres Ohres. Es war nur eine beiläufige Berüh- rung, doch Echo war noch immer schläfrig. Nicht zu verges- sen, dass ihre Hormone wegen ihm völlig von der Rolle waren. Aktuell drängte ihr versautes Gehirn sie dazu, herauszufinden, wie sich seine Lippen an buchstäblich jedem Teil ihres Körpers anfühlen würden.

Echo versteifte sich bei der Berührung seiner Lippen, weshalb Rhys sich von dem Film abwandte und stattdessen mit einem besorgten Stirnrunzeln auf sie hinabsah. Sein Arm um ihre Schultern spannte sich minimal an und ihre Blicke verhakten und hielten sich.

Echo blickte hoch zu Rhys, während Neugier in ihrer Brust aufwallte. Sie leckte über ihre Lippen und hob ihr Kinn nur den Bruchteil eines Zentimeters an, woraufhin sich Rhys' intensive grüne Augen vor sexuellem Interesse verdunkelten. Er verlagerte sein Gewicht, beugte sich nach unten und überraschte sie, indem er einen zweiten Kuss auf ihre Wange drückte, wieder genau neben ihr Ohr.

Dann noch einen. Dieses Mal streiften seine Lippen ihr Ohrläppchen und das weiche Kratzen seines Bartes reizte ihren Hals. Rhys hob eine Hand, sodass seine Finger ihren Nacken umfassen und sein Daumen sich an ihr Kiefer legen konnte. Er neigte ihren Kopf nach hinten, um ihre Kehle zu entblößen, ehe er seine Nase und Lippen auf ihren Puls presste und seiner Brust ein tiefes Grollen entkam.

Seine Lippen und Zähne knabberten an der empfindlichen Stelle ihres Halses, wo er in ihre Schulter überging, und dieses Mal reagierte Echos Körper heftig. Sie konnte spüren, wie sich ihre Brüste vor Verlangen zusammenzogen und die Brustwarzen sich zu harten Spitzen aufrichteten. Ihre Haut fühlte sich zu eng, zu heiß an. Ein sachtes Pulsieren setzte tief in ihrem Körper ein und passte sich ihrem schneller werdenden Pulsschlag an.

Und dennoch hatte Rhys sie kaum berührt. Er verteilte kurze, feuchte Küsse auf ihrem Hals und Schultern, während seine kräftigen, schwieligen Finger ihren Kopf festhielten. Echo atmete die angehaltene Luft aus und legte eine Hand auf seine Schulter, um zu versuchen seine Lippen zu ihren zu ziehen.

Rhys kam ihr keinen Zentimeter entgegen und strich stattdessen mit seinen Lippen die Linie ihres Kiefers von ihrem Kinn bis hoch zu ihrem Ohr entlang. Er neckte ihr Ohr mit seiner Zungenspitze, knabberte an ihrem Ohrläppchen und blies sachte Luft in ihr Ohr, was sie verrückt machte. Echo biss auf ihre Lippe und drückte sich näher an ihn, während sie gleichzeitig ihre Schenkel zusammenpresste wegen des zunehmenden Pochens.

Rhys küsste ihren Mundwinkel und ihre Lippen öffneten sich mit einem Seufzen. Er festigte seinen Griff in ihrem Nacken und stoppte ihre ruhelosen Bewegungen, während er mit seiner Unterlippe über ihre glitt und sich dann von ihr löste, als sie versuchte den Kuss zu erwidern.

„Entspann dich, Echo", sagte Rhys. Sie öffnete die

Augen und blickte zu ihm hoch. Im Angesicht seiner Miene intensiver männlicher Befriedigung errötete sie. Sie wollte ihn, ja. Und er spielte mit ihr und stellte sicher, dass sie wusste, dass er das Sagen hatte.

„Küss mich einfach", verlangte sie, während sich ihr Blick zu einem finsteren Starren verengte.

„Mmmh", murmelte Rhys unbestimmt. „Geduld."

Anstatt ihrem Wunsch nachzukommen, ließ er sie los und schockierte sie bis ins Mark, als er den Saum ihres T-Shirts ergriff, es über ihren Kopf zog und beiseite warf. Er bat nicht um Erlaubnis, aber sein Blick wich nie von ihrem Gesicht, während er ihre Arme, Hüften und Rippen streichelte.

Rhys leckte über seine Unterlippe, während er seine Finger unter die Träger ihres BHs schob, an ihnen zog und sie sanft schnalzen ließ. Echos Atmung kam nur noch stockend, als er seine Fingerspitzen über ihre BH-Körbchen tanzen ließ und sie konnte einfach nicht widerstehen und wölbte sich seiner Berührung entgegen.

„Ich will dir das hier ausziehen", verkündete Rhys, hakte einen Finger in eines der Körbchen und zog es von ihrem Körper weg.

Echo schluckte und reckte ihr Kinn, um ihre Bedingung zu stellen.

„Nicht, ehe du mich geküsst hast", forderte sie.

Rhys grinste und Echo wusste, dass sie genau das Richtige gesagt hatte.

KAPITEL ZEHN

Rhys

*W*enn Rhys Echo eine Reaktion entlocken hatte wollen, so war er erfolgreich gewesen. Seine sinnliche, blonde zukünftige Gefährtin war bis auf einen hauchdünnen rosa Büstenhalter entblößt und ihre Lippen voll und schmollend, während sie nach seinem Kuss bettelten. Genau in diesem Moment starrte Echo ihn mit einem eindeutig hungrigen Ausdruck in den Augen an und Rhys hatte damit zu kämpfen, seine primitiveren Impulse zu kontrollieren.

Er schob die Schuld auf die Dessous, die sie trug. Zu seiner Zeit waren die Frauen entweder vollständig bekleidet oder völlig nackt gewesen. Doch wie sich herausstellte, gab es nichts Verlockenderes als eine Frau, die sich zwischen diesen Bekleidungszuständen befand. Obwohl Rhys Fotos von Models in solcher Wäsche gesehen und online nach Kleidungsstücken moderner Frauen gesucht hatte, war es unendlich aufregender Echo in Dessous zu sehen. Er bemühte sich, ihren Büstenhalter nicht anzustarren, aber die Art und Weise, wie sich der dünne Stoff an ihren Körper schmiegte, weckte den Wunsch in ihm, herauszufinden, ob sich etwas Ähnliches unter ihrer engen Jeans befand.

Er wollte nichts mehr, als sie bis auf die Haut zu entkleiden, sie umzudrehen, sodass ihr zweifellos perfekter Hintern in die Luft ragte, und sie zu vögeln, bis sie heiser war, weil sie seinen Namen so oft geschrien hatte. Wenn er damals in Schottland jemals so von einem Mädel in Versuchung geführt worden wäre, hätte er sie zweifelsohne längst in einem dunklen Burggang genommen.

Leider war Echo aber nicht irgendeine lüsterne Dienstmagd. Erstens war sie modern. Zweitens würde sie seine Gefährtin werden und das Letzte, das Rhys tun wollte, war ihre Beziehung zu verderben, indem sie die Dinge überstürzten.

Nur weil er wusste, dass sie letzten Endes zusammenkommen würden, gab es keinen Grund dafür, ungeduldig zu sein. Die Frau, die seine Kinder austragen würde, verdiente die Sonne und den Mond, nicht irgendeine übereilte und unbefriedigende Paarung.

„Nicht, ehe du mich geküsst hast", hatte sie gekontert, als er mit ihrem BH gespielt hatte.

Nun, wenn ein Kuss das war, was sie wollte…

Rhys legte seine Hände auf Echos Taille, zog sie näher an sich und senkte seinen Mund auf ihren. Er wartete, seine Lippen nur um Haaresbreite von ihren entfernt, und dehnte den Moment so lange aus wie er konnte. Echo seufzte an seinen Lippen. Ihr Hunger und Verlangen spiegelten seines genauestens. Sie lehnte sich an ihn, ihre nackte Haut war warm unter seinen Armen und ihre Augen schlossen sich flatternd.

Der perfekte Moment.

Rhys verschmolz seine Lippen mit ihren und verschlang

die leisen, lustvollen Laute, die Echo von sich gab. Ihr Mund war alles, was er sich jemals wünschen könnte, so warm und süß, als sie ihn willkommen hieß. Rhys lockte ihre Lippen mit seinen und nutzte den Kuss, um ihre Reaktionsfreudigkeit zu testen. Echo begegnete jedem seiner Zungenschläge mit ihren eigenen und die Bewegung ihrer vorwitzigen Zunge brachte seinen Schwanz zum Pulsieren.

Rhys glitt mit seiner Hand ihren Rücken hinauf zu ihrem BH. Er bemühte sich, sich weiterhin auf Echo zu konzentrieren, während er herausfand, wie man das hauchdünne, seidige Material aufhakte. Nach einem Moment gelang es ihm und anschließend hob er beide Hände an ihre Schultern, um die Träger über ihre Schultern und ihre Arme hinab zu schieben. Er beobachtete dabei die ganze Zeit ihr Gesicht und erfreute sich an der Röte, die sich auf ihre Wangen legte, während gleichzeitig das Verlangen in ihren Augen zunahm.

Rhys küsste sie noch einmal tief, bevor er das Kleidungsstück von ihrem Körper zog und sich einen Moment gönnte, um ihre nackten Brüste zu bewundern. Sie waren prall und voll, perfekt gerundet und mündeten in dunkelrosa Brustwarzen, die seinen Schwanz zucken ließen, während ihm das Wasser im Mund zusammenlief.

Rhys streckte eine Hand aus und beobachtete Echos Gesicht, als er mit dem Daumen über einen aufgerichteten Nippel strich. Ihre Augen waren dunkel vor Lust, ihre Haut gerötet vor Aufregung. Sie fuhr mit ihrer Zunge über ihre Lippen, während sie ihn dabei beobachtete, wie er sie beobachtete, und Rhys wurde plötzlich von dem Verlangen überwältigt, ihr dabei zuzuschauen, wie sie ihre Erlösung fand, und sie auf unvergessliche Weise zu kennzeichnen.

Rhys neigte Echo nach hinten auf die Kissen, die an der Couch lehnten, bog ihren Rücken durch und stieß somit ihre Brüste weiter nach oben. Er schob seine Hände ihre Taille hinauf, liebkoste ihren Brustkorb und umfasste ihre

Brüste mit seinen Händen. Die cremefarbenen Kugeln waren jede mehr als eine Handvoll, fest und warm in seinen Händen.

Rhys veränderte seine Position, senkte seinen Mund auf ihre Brust und steigerte die Vorfreude für sie beide, indem er das Tal zwischen ihren Brüsten mit seinen Lippen erforschte. Echo wand sich und Rhys stieg ein Hauch ihrer Erregung in die Nase, obwohl sie noch bekleidet war.

Unfähig noch einen Augenblick länger zu warten, umschloss Rhys ihre Brustwarze mit seinen Lippen und verwöhnte sie langsam mit seiner Zunge. Echos heiserer Lustschrei brachte ihn fast um. Rhys hörte keine Sekunde auf, sondern quälte ihre beiden Brüste mit seinen Lippen, Zunge und Zähnen, bis sie nach mehr bettelte.

„Rhys, bitte…", flehte Echo, während ihre Finger an seinem T-Shirt zerrten.

„Bitte, was?", fragte er und gab ihren Nippel frei.

Echo lehnte sich einige Zentimeter nach hinten und riss ihm praktisch das Shirt vom Leib, was ihn zum Grinsen brachte. Sein Lächeln wurde noch breiter, als er sah, wie sie seinen Körper unverhohlen bewunderte. Sie biss sich auf die Lippe und erkundete seine Schultern, Brust und Bauch mit behutsamen Berührungen.

Als ihre Finger seine Bauchmuskeln hinab zum Bund seiner Jeans wanderten, verspannte sich sein Köper unwillkürlich und seine Muskeln zuckten. Echo leckte sich erneut über die Lippen und Rhys verlor die Geduld.

„Wage es noch einmal, deine Lippen zu lecken, während du auf meinen Schwanz starrst", warnte Rhys sie, „und du wirst dein blaues Wunder erleben, *lass*."

Echos Blick schnellte zu seinem hoch und sie lief knallrot an.

„Ich −", fing sie an, doch Rhys hatte dafür jetzt keine Geduld. Er stand auf und hob Echo in seine Arme.

Anschließend trug er sie durch das Wohnzimmer und in sein Schlafzimmer.

Er warf Echo auf sein Bett und zog den Reißverschluss seiner Jeans runter, aber behielt sie noch an. Er hatte nie ganz den Sinn von Unterwäsche verstanden, da er sie zu einengend empfand und er glaubte nicht, dass Echo schon für die ganze Pracht bereit war.

Ihre Jeans hingegen wurden sofort geöffnet und entfernt. Gemäß seiner Fantasie trug sie darunter einen winzigen, hauchdünnen rosa Stofffetzen. Rhys rieb mit einer Hand über seine Bauchmuskeln und stöhnte, während er versuchte, sich dieses Bild für immer in sein Gedächtnis einzubrennen.

„Dreh dich um", befahl er und kreiste mit dem Finger in der Luft. „Ich glaube, ich muss dich von jeder Seite sehen."

Echos Augenbrauen schossen in die Höhe und ihre Brust hob und senkte sich ein paar Mal. Nach einem Moment drehte sie sich auf ihren Bauch und lieferte Rhys sofort Stoff für neue Fantasien, die ihm ein Leben lang reichen würden.

Ihr Hinterteil war breit geformt, ihre Beine lang und üppig und ein winziges Bändchen rosa Seide lugte zwischen ihren wundervollen Pobacken hervor.

„Fuck, Frau. Du bringst mich um", ächzte Rhys.

Er kniete sich auf das Bett und nahm ihre Beine mit seinen Knien gefangen. Als er seine Hände über die Rückseite ihrer Oberschenkel gleiten ließ, bemerkte er, dass sie unter seinen Zärtlichkeiten erschauderte. Er umfasste und drückte ihre Pobacken und spreizte sie leicht, um ein weiteres Mal ihre Unterwäsche zu bewundern.

Er zupfte an dem Bund ihres Höschens, der oberhalb ihres Pos lag.

„Ich werde den hier ausziehen", informierte er Echo.

Sie drehte kurz den Kopf, um zu ihm zu schauen und nickte dann. Sie war bei seiner Zurschaustellung von Dominanz verstummt, aber das fiebrige Verlangen in ihren Augen war sonnenklar. Genauso wie die Feuchtigkeit ihres Höschens, als Rhys es von ihrem Körper streifte.

Endlich lag Echo nackt vor ihm, auf seinem Bett ausgestreckt und bereit für seine Berührung. Rhys beugte sich nach unten und küsste ihren oberen Rücken, dann die Seite einer Pobacke, wobei er ein Lächeln unterdrückte, als sie sich anspannte, weil sie nicht wusste, welche Absichten er hegte.

Er rückte vorübergehend nach hinten und gab ihre Beine frei.

„Dreh dich um, *lass*. Ich will dein Gesicht sehen", forderte er sie auf.

Echo rollte sich wieder auf den Rücken und beobachtete ihn eindringlich. Rhys positionierte sie so, wie es ihm gefiel, und hob ihre Knie vom Bett. Er stieß sie auseinander und schmunzelte leicht, als sie Widerstand leistete und ihn beschämt anblinzelte.

„Rhys…", protestierte sie und sah zum ersten Mal, seit er sie kennengelernt hatte, aus als würde sie sich unwohl fühlen.

„Ich möchte dich sehen, Echo. Alles von dir", erklärte Rhys. „Ich möchte dafür sorgen, dass du dich sehr, sehr gut fühlst."

Echo presste ihren Mund zu einer festen Linie zusammen, aber sie erlaubte ihm, ihre Knie weit zu spreizen, wodurch sich ihre Schenkel teilten und ihr glänzendes rosa Geschlecht entblößten. Rhys bewunderte sie mehrere lange Momente, ehe er sich neben ihr ausstreckte. Er lag auf seiner Seite, Echo zugewandt, und legte ihr Knie über seine Hüften, damit er vollständigen Zugriff auf ihren Körper hatte.

„Du bist exquisit", raunte Rhys Echo zu. „Ich hoffe, du weißt das."

Er ließ seine Fingerspitzen von ihrem Bauchnabel zu

ihrer Hüfte wandern, ihr Knie hinunter, um schließlich eine Linie ihren Innenschenkel hinauf zu zeichnen. Sie spannte sich leicht an, aber Rhys ließ sich Zeit, zögerte den Moment hinaus, neckte ihre dunkelblonden Locken und streichelte sachte über ihren Venushügel.

Die Luft reicherte sich mit ihrem Duft an, ein berauschender Moschusduft, der Rhys' Bären dazu brachte, wie wild zu toben. Er ignorierte die schmutzigen Bilder, die durch seine Gedanken huschten. Bilder von ihm, wie er seine Gefährtin in jeder vorstellbaren Position füllte und vögelte. Stattdessen konzentrierte er sich darauf, ihr zuerst einen Höhepunkt zu entlocken.

Rhys fuhr mit zwei Fingerspitzen ihre Schamlippen nach und beobachtete, wie Echos Lust wuchs. Dadurch bemerkte er auch, als sich ein feiner Schweißfilm auf ihre Haut legte. Er sehnte sich danach, dass sie ihn auf gleiche Weise stimulierte, aber als ihre suchenden Finger seinen Hosenbund fanden, schob er ihre Hand sanft fort.

Echo warf ihm einen fürchterlich frustrierten Blick zu, doch Rhys lächelte nur und glitt mit einer einzigen Fingerspitze ihre feuchte Spalte hoch und runter. Er wandte zu wenig Druck auf, als dass es eine richtige Stimulation gewesen wäre.

Als Echos Körper die Laken unter ihr feucht machte, als sie schwer atmete und vor Frust stöhnte, erst da fand und umkreiste Rhys ihren Kitzler mit seinem Daumen.

„Ah!", schrie Echo, deren Hüften nach oben ruckten, um seiner Berührung entgegen zu kommen.

„Langsam", schalt Rhys sie, schob ihr Bein zur Seite und verlagerte seinen Körper so, dass er zwischen ihren Beinen kniete.

Er hatte das noch nie zuvor gemacht, aber er hatte reichlich moderne Pornographie geschaut. Bis vor ungefähr fünf Minuten hat er das Verlangen nicht nachvollziehen können, aber jetzt musste er seine Gefährtin plötzlich schmecken… auf intime Weise.

Echo warf ihm einen Blick zu, der irgendwo zwischen wilder Lust und nackter Angst rangierte, und Rhys stellte schockiert fest, dass dies tatsächlich ein wichtiger Moment zwischen ihnen sein könnte. Echo hatte ihm ihre Kontrolle übergeben und im Austausch musste er sein Versprechen erfüllen und ihr Erleichterung zu verschaffen.

Zu seiner Überraschung fiel es ihm leicht, Echo mit seinem Mund zu erkunden. Er vergrub sein Gesicht am Scheitelpunkt ihrer Schenkel, atmete ihren Geruch tief ein und drückte neckende Küsse auf ihre empfindliche Haut.

Als er ihre Lippen mit zwei Fingern weit spreizte, war sie bereits tropfnass für ihn. Er legte die kleine Knospe ganz oben an ihrem Geschlecht frei und zeichnete die zarten Falten mit seiner Zungenspitze nach. Echo schoss beinahe vom Bett und ihr Rücken wölbte sich, während sie aufschrie. Eine ihrer Hände legte sich seitlich auf Rhys Kopf, die andere krallte sich in die Laken.

Rhys behielt seine Augen geschlossen, während er mit seiner Zunge über ihr empfindsamstes Fleisch glitt. Er bewegte sich nur langsam, berührte sie nur sanft. Er wusste ganz genau, wie er sie zum Gipfel der Lust bringen wollte, und er wollte sich nicht eilen, um ihn zu erreichen.

Während er mit der Zunge über ihre Klitoris zwirbelte, schob er langsam einen dicken Finger in ihre Mitte. Ihr Körper war feucht vor Verlangen und nahm mühelos erst einen und dann zwei Finger auf. Ihre Muskeln zuckten und packten ihn auf eine Weise, die seinen Schwanz vor Begierde pochen ließ.

Wenn er endlich seine Gefährtin nehmen würde, würde es unglaublich sein. Aller Wahrscheinlichkeit nach würde sie ihn innerhalb von Sekunden zur Explosion bringen, außer er brachte sämtliche Selbstbeherrschung auf, über die er verfügte.

Rhys hatte noch nie auf diese Weise von einer Frau gekostet, aber sie mit seinen Händen zu befriedigen, war nichts Neues für ihn. Während er ihren Kitzler küsste und leckte, drehte er seine Hand so, dass sich seine Fingerspitzen nach oben in Richtung ihres Bauchnabels krümmten auf der Suche...

„AH!", schrie Echo und wand sich auf seiner Hand. „Rhys, ja! Oh, oh..."

Rhys umschloss ihre Klitoris mit seinen Lippen und saugte sanft, wahrend er in einem beharrlichen Rhythmus mit seinen Fingerspitzen nach oben tippte und seine Finger in ihre Enge rein und raus gleiten ließ. Echo hielt weniger als eine Minute durch, ehe sie explodierte. Ein Schrei riss sich von ihren Lippen, als sich ihr Körper anspannte und dann auf Rhys Mund und Fingern förmlich auslief. Ihr Höhepunkt dauerte an und an und Rhys half ihr, die Welle zu reiten und höchste Lust zu erreichen. Er zögerte ihre Wonne hinaus, bis sie schließlich seine Hand wegzog.

Echo schmiegte sich fest an Rhys und küsste ihn tief, übernahm für den Moment die Kontrolle und Rhys hatte nichts dagegen. Es war unfassbar erotisch, sie zu küssen, während ihre Erregung auf seinen Lippen und Zunge haftete, und das Gefühl, eine befriedigte Gefährtin in seinen Armen zu halten, war unschlagbar.

Also Echos Kuss erneut an Leidenschaft gewann und ihre Hand seinen Bauch hinabwanderte, hielt er ihre suchenden Finger fest und hob sie an seine Lippen, um sie zu küssen.

„Morgen", versprach er, weil er den Moment nicht verderben wollte. Heute Abend war es um Echo gegangen, darum ihr zu zeigen, was er ihr als Gefährte zu bieten hatte, und ihr zu zeigen, warum sie Nacht um Nacht in sein Bett zurückkehren würde. Warum sie freudig alle anderen abweisen würde, genauso wie es Rhys auch tun würde.

Leider schien Echo von seiner Antwort nicht begeistert zu sein. Ihre Enttäuschung war offensichtlich.

„Du denkst, dass ich dir wehtun werde", sagte sie und sah verletzt aus.

„Was?", fragte Rhys.

„Du denkst, dass ich tun werde, was ich mit dieser... dieser Kreatur bei Tee-Elles Haus gemacht habe." Sie wackelte mit ihren Fingern, um auf ein Verschwinden hinzuweisen, und Rhys dachte einen Moment darüber nach.

„Der Incubus", sagte er schließlich.

„Ja. Du denkst... ich meine, ich habe meine Kräfte nicht gerade gut im Griff", erklärte Echo.

„*Lass*, das denke ich nicht", versicherte Rhys und griff nach ihr, aber Echo rückte von ihm weg.

Sie taumelte vom Bett, holte ihr Höschen und warf ihm einen letzten Blick zu, ehe sie aus dem Zimmer floh. Rhys legte sich mit einem lauten Schnauben zurück auf sein Bett und fragte sich, wie Echos Laune so schnell von zufrieden in Wut umschwenken hatte können.

Wann war das Ganze derartig aus dem Ruder gelaufen?

KAPITEL ELF

Echo

*E*cho seufzte, während sie an einem olivfarbenen Sommerkleid herumzupfte, das sie in ihrem scheinbar bodenlosen Kleiderschrank gefunden hatte, und sich fragte, wessen Aufgabe es wohl war, ihre Kleidung auszuwählen und zu kaufen. Irgendwie konnte sie sich nicht vorstellen, dass Duverjay Kleider und Höschen und Riemchensandalen aussuchte, was vielleicht auch daran lag, dass sie ihn bisher immer nur in formeller Kleidung gesehen hatte.

„Nein, Echo, du kannst nicht dabei helfen, deine Tante zu finden", sagte sie, wobei sie Rhys' Akzent schrecklich nachäffte. *„Lass uns einfach unsere Arbeit machen, Echo. Bleib im Haus, Echo."*

Echo betrachtete sich im Spiegel und biss sich auf die Lippe. Das Kleid schmiegte sich an all den richtigen Stellen an ihren Körper und der Ausschnitt fiel etwas tiefer aus, wodurch Echos Dekolleté hervorgehoben wurde. Sie hatte sich für ein Paar Pumps mit niedrigem Absatz entschieden und ihre Haare mit einem Blumen-Clip nach oben gesteckt.

All das gehörte zu ihrem Plan, Rhys zu quälen, der sich in ihrer Gegenwart verflucht merkwürdig verhielt *und* verlangte, dass sie nicht an der Rettung ihres eigenen entführten Familienmitgliedes teilnahm.

„Nie und nimmer, Freundchen", murmelte Echo, obwohl Rhys nicht da war, um sie zu hören. „Du kannst dich nicht von mir fernhalten und dich dann immer noch so besitzergreifend verhalten. Entweder das eine oder das andere."

Um fair zu sein, sollte man wohl erwähnen, dass Echo den Großteil der Merkwürdigkeit verschuldet hatte. Sie erforschte seit Neuestem ihre Fähigkeiten und versuchte herauszufinden, wie sie es vermeiden konnte, Rhys zu einem Stück Bärengestaltwandler-Toast zu verbrennen, falls und wenn es jemals wieder dazu käme, dass sie mit ihm rummachen würde.

Oh wie sehr sie das doch tun wollte. Rhys war verlockender denn je und sein Reiz schien mit jeder Sekunde größer zu werden. Das lag teilweise an ihrer Neugierde, teilweise an der magisch kosmischen Chemie zwischen ihnen... und vielleicht, nur ganz vielleicht, zu einem klitzekleinen Teil an purer Lust von Echos Seite aus.

Aber nichts davon bedeutete, dass sie seine Gesundheit aufs Spiel setzen sollte.

Echo seufzte und lief nach unten. Dieses Mal suchte sie allerdings nicht nach Rhys, sondern nach Aeric. Da sie eine Menge Freizeit gehabt hatte, während sich Rhys rar gemacht hatte, hatte Echo sich einen guten Plan zurechtgelegt, um Tee-Elle zu finden. Einen Plan, von dem sie sich ziemlich sicher war, dass er funktionieren würde.

Das Problem lag darin, dass sie einen magischen Spiegel brauchte, um Tee-Elle zu finden, und jemanden, der ihr den Rücken freihielt. Sie war sich noch immer unsicher in Bezug auf ihre magischen Fähigkeiten. Sie wollte nicht irgendeinen kleinen Fehler begehen, der katastrophale Auswirkungen haben könnte. Daher brauchte sie jemanden mit mehr Erfahrung, der bei ihr blieb, während sie den Spiegel benutzte.

Nach einigem Nachdenken war ihre Wahl auf Aeric gefallen. Von den drei Wächtern schien Aeric derjenige zu sein, der Echo am wahrscheinlichsten helfen würde, ohne das Bedürfnis zu verspüren, Rhys jedes kleinste Detail zu verraten. Gabriel und Rhys waren zu eng befreundet, aber Aeric machte nicht den Eindruck, als wäre er irgendjemandes Kumpel.

Echo fand Aeric allein im Wohnbereich im Erdgeschoss, wo er an dem großen Konferenztisch saß. Er studierte ein gigantisches Buch, das in rissiges braunes Leder gebunden war, und seine Lippen bewegten sich beim Lesen stumm. Sie beobachtete ihn aus der Ferne und erkannte, dass seine ständig wütende Miene darüber hinwegtäuschte, wie gut aussehend er eigentlich war.

Seine aschblonden Haare waren perfekt frisiert und gerade so lang, dass sie fantastisch aussahen mit dem Mittelscheitel und so wie sie aus seinem Gesicht nach hinten gekämmt waren. Er war genauso groß wie Rhys und sogar noch kompakter gebaut. Sein Oberkörper ähnelte nichts mehr als einem Baumstamm.

Echo nahm sich eine Wasserflasche aus dem Kühlschrank in der Küche und schlenderte anschließend zu ihm in dem Bemühen, lässig zu wirken.

Ihre Nervosität ruinierte jeden Versuch, sich locker zu geben, als sie die ungeöffnete Wasserflasche auf den Tisch fallen ließ. Sie hüpfte auf und landete direkt auf dem Buch, was dazu führte, dass sich Aerics Miene verdüsterte und er die Flasche beiseite schlug.

„Was machst du denn?", knurrte er. „Dieses Buch ist über sechshundert Jahre alt."

Echos Lippen öffneten sich überrascht, aber sie wusste nicht so recht, wie sie darauf reagieren sollte. Im Angesicht von Aerics unversöhnlich mürrischem Auftreten, verblasste seine vorübergehende Attraktivität.

„Entschuldigung", sagte sie und schnappte ihre Wasserflasche vom Tisch. „Das war ein Unfall."

Als sie sich ihm gegenüber an den Tisch setzte, zog Aeric eine Braue hoch.

Du hast ja Nerven, dass du dich zu mir setzt, schien er damit sagen zu wollen.

Echo musste sich davon abhalten, die Augen zu verdrehen. Vielleicht sollte sie jedes Mal, wenn Rhys sie frustrierte, einfach daran denken, wie es sein würde für den Rest ihrer Tage an Aeric gebunden zu sein. Das dürfte ausreichen, damit sie den großen, herrischen Mann zu schätzen wusste, der in ihr Leben gewalzt war.

„Ich muss mit dir reden", sagte Echo und ignorierte Aerics fortwährend finsteren Blick. „Ich kann nicht einfach für immer hier im Herrenhaus bleiben, ganz egal was Rhys denkt. Ich habe einen Job und ein Leben, in das ich zurückkehren möchte."

Nun, zumindest der Teil mit dem Job stimmte, sinnierte Echo. Der Teil mit dem Sozialleben… nicht so sehr.

„Warum erzählst du mir das?", wollte Aeric wissen und schloss das Buch mit einem Knall. Die Goldbuchstaben auf dem Buchdeckel fielen Echo ins Auge. Das Meiste war unverständlich, vielleicht Deutsch, aber das Wort *Magick* war recht eindeutig.

„Weil ich hier nicht fort kann, bis diese Pere Mal Sache geklärt ist. Die einzige Person außerhalb von Pere Mals innerem Kreis, die uns Informationen darüber geben kann, was er plant, ist Tee-Elle und die hält er gefangen. Also", erklärte Echo, „muss ich Tee-Elle finden. Sie ist jetzt seit fast einer Woche weg und ihr habt sie noch immer nicht gefunden. Es ist an der Zeit, einen anderen Ansatz auszu-probieren."

Aeric starrte sie einige Augenblicke an, ehe er antwortete.

„Und du denkst, du kannst sie finden?", fragte er. Anscheinend hatte er den Köder geschluckt. Echo quietschte beinahe vor Aufregung, aber konnte sich gerade noch zurückhalten.

„Ich habe zumindest eine Idee", sagte sie. Ihre unausge-sprochene Kritik über die magischen Suchfähigkeiten der Wächter ließ sie in der Luft hängen. „Aber ich habe auch eine Bedingung."

Aeric schnaubte, verschränkte die Arme und lehnte sich auf seinem Stuhl zurück.

„Du brauchst meine Hilfe und du hast eine Bedingung. Wunderbar."

Echo errötete, weigerte sich aber, sich von Aerics Verdrießlichkeit ins Bockshorn jagen zu lassen. Sie stützte ihre Ellbogen auf den Tisch und bedachte ihn mit einem harten Blick.

„Deine Aufgabe ist es, die Stadt zu beschützen", argu-mentierte sie. „Pere Mal ist eine große Gefahr für die ganze Welt, ganz zu schweigen von New Orleans. Ich würde dir genauso sehr helfen wie du mir."

Echo hätte schwören können, dass sie Aerics Lippen zucken und Belustigung in seinen Augen funkeln sah. Sie gewann den Eindruck, dass er momentan Rhys bemitlei-dete, weil er jemanden am Hals hatte, den Aeric so offen-kundig nervig fand.

„Wie lautet also deine Bedingung?", fragte er.

„Ich möchte, dass du es Rhys nicht erzählst. Wenn es klappt, möchte ich dich begleiten, um Tee-Elle zu finden, und ich denke, wir wissen beide, dass Rhys ein Problem damit haben würde."

Aeric hustete ungläubig.

„Ich bin mir sicher, dass er etwas dagegen hätte."

„Also?", bohrte Echo nach.

Aeric musterte sie einen langen Moment, dann schüttelte er den Kopf. Echo dachte, er würde ihren Vorschlag ablehnen, doch er überraschte sie.

„Dann lass deine Idee hören", sagte Aeric und schob das Buch zur Seite.

„Ich werde den magischen Spiegel brauchen", erklärte Echo und biss eine Sekunde auf ihre Lippe, ehe sie hinzufügte, „und einen Ort, an dem ich ihn ungestört benutzen kann."

Aeric verengte die Augen, bevor er steif nickte.

„Triff dich in zwanzig Minuten im ersten Stock mit mir", sagte er. Er nahm das Buch an sich und ging aus der Hintertür und zum Fitnessraum.

Als er nicht wiederkam, ging Echo zu Rhys' Gästezimmer und tauschte ihre Pumps gegen flache Ballerinas aus. Sie zappelte einige Minuten nervös herum und blätterte eine Zeitschrift durch, um sich abzulenken, bis es an der Zeit war, ein Stockwerk tiefer zu gehen. Bevor sie das Gästezimmer verließ, holte sie ihre Handtasche und fischte ihr Schweizer Taschenmesser heraus, das sie mitnahm.

Als sie die Treppe zum ersten Stock hinabschlich, sah sie, dass Aeric die erste Tür weit offenstehen hatte lassen. Sie huschte dorthin und eilte in den Raum, in dem sie nach nur wenigen Schritten mit aufgeklapptem Mund stehen blieb.

Obwohl Aerics Wohnbereich den exakt gleichen Grundriss wie Rhys' hatte, hätten die zwei Räume nicht unterschiedlicher aussehen können. Zum einen war Aerics Wohnbereich vom Boden bis zur Decke mit Bücherregalen gesäumt, die mit Büchern jeder Form und Größe vollgestopft waren und jeden Zentimeter, mit Ausnahme des Panoramafensters auf der gegenüberliegenden Zimmerseite, verdeckten.

Zum anderen waren die Wände und Bücherregale komplett schwarz und der Boden mit schwarzen Teppichen ausgelegt. Einige minimalistische Möbelstücke waren in der Nähe des Fensters gruppiert und obwohl Aeric einen Bibliothekstisch besaß, der identisch mit dem von Rhys war, war seiner schwarz gestrichen worden. Teufel noch eins, sogar die Decke war dunkel und schwarze Tücher hingen tief nach unten, wodurch der Raum viel kleiner und dunkler wirkte.

Das Merkwürdigste war jedoch, dass das wundervolle Fenster mit Verdunkelungsvorhängen verhüllt war, sodass kein Tageslicht in das Zimmer dringen konnte. Das bedeutete, dass das einzige Licht im Raum von einem Paar kleiner Lampen kam, die auf dem Bibliothekstisch standen.

„Wirst du einfach nur dort rumstehen?", fragte Aeric und warf ihr einen gelangweilten Blick zu.

„N… nein…", antwortete Echo und schlang die Arme um sich, während sie zum Tisch lief.

Aeric hatte einen verzierten magischen Spiegel auf den Tisch gelegt, einen Stapel Blätter und einen Stift daneben für den Fall, dass Echo Notizen machen musste.

Echo hielt ihr Schweizer Taschenmesser hoch und Aeric zog fragend eine Braue hoch.

„Ich werde mit Blut nach ihr suchen", erklärte Echo. „Ich habe gestern gelesen, dass Menschen, die tief miteinander verbunden sind, mit dem eigenen Blut gesucht werden können."

Aeric schürzte die Lippen und nickte Echo dann langsam zu.

„Das kann man machen, wenn das Band tief reicht. Normalerweise muss man einer Familie angehören", sagte er.

„Es wird funktionieren", verkündete Echo mit festem Tonfall, der hauptsächlich dazu gedacht war, ihr eigenes schwindendes Vertrauen in ihren Plan zu bestärken

„Dann leg los", forderte Aeric sie mit einem Achselzucken auf.

„Okay. Ich…" Echo zögerte. „Falls irgendetwas schiefläuft, möchte ich, dass du mich aufhältst. Schlag mich K.O., falls nötig, okay?"

Ein Muskel an Aerics Kiefer zuckte, aber er hob lediglich nichtssagend die Schultern. Echo beschloss, dass als Zustimmung seinerseits zu werten und beugte sich über den magischen Spiegel, um ihre Arbeit zu beginnen.

Echo nutzte das Messer, um sich in ihre linke Handfläche zu schneiden, wobei sie versuchte, wegen des Schmerzes nicht zusammenzuzucken, den ihr die stumpfe kleine Klinge zufügte. Sie warf Aeric einen nervösen Blick zu, presste dann ihre Handflächen flach auf den Spiegel und schloss die Augen. Sich auf Tee-Elle und ihre gemeinsame Vergangenheit konzentrierend, beschwor Echo das Band zwischen ihnen herauf.

Die Suche entfaltete sich in ihrem Geist und das Innenleben des Spiegels breitete sich vor Echo als eine endlose Karte aus filigran konstruierten Kreisläufen aus, die alle mit einer gigantischen Platine verbunden waren. Kleine und große Bereiche leuchteten auf und verblassten wieder, während sich Echo damit abmühte, die tausend irrelevanten Gedanken in ihrem Kopf zu verdrängen und alles, das nicht mit Tee-Elle in Verbindung stand, beiseite zu schieben.

Schweiß brach auf Echos Stirn aus, als etwas an ihrem Geist zupfte. Sie konzentrierte sich so angestrengt sie konnte darauf und versuchte, auf den richtigen Kreislauf einzuzoomen. Ein frustriertes Stöhnen entschlüpfte ihren Lippen, als die Stärke ihres Zauberspruchs sie überwältigte und ihr die Kontrolle entriss, wodurch sie an der Verbindung vorbeischrapte, die sie finden musste.

„Scheiße", fluchte Echo und öffnete die Augen.

Aeric starrte sie mit etwas wie aufrichtiger Sorge in den Augen an.

„Du hast dich seit einer Stunde nicht bewegt", informierte er sie. „Ich war kurz davor, dich bewusstlos zu schlagen. Rhys würde mich einen Kopf kürzer machen, wenn ich zuließe, dass du dir Schaden zufügst."

Echo atmete lautstark aus und wischte sich mit ihrer sauberen Hand über die Stirn. Die andere Hand, die jetzt mit trocknendem Blut verklebt war, zog sie von dem Spiegel und seufzte.

„Ich bin ein wenig übers Ziel hinausgeschossen", gestand Echo. „Meine magische Kraft ist unbeständig, seit ich hierhergekommen bin. Manchmal ist sie unerschöpflich, andere Male ist sie sehr schwach."

„Jetzt ist sie schwach, nicht wahr?", erkundigte sich Aeric. Er stellte eine Wasserflasche vor sie und deutete mit der Hand darauf, um ihr klarzumachen, dass sie etwas trinken sollte.

„Ja", bestätigte Echo, drehte die Wasserflasche auf und nahm einen großen Schluck.

„Das liegt an Rhys."

Echo verengte die Augen und trank noch mehr Wasser.

„Was meinst du?", fragte sie, obwohl sie sich nicht sicher war, ob sie das wirklich wissen wollte.

„Hexen –"

„Ich bin ein Medium", fauchte Echo, weil sie das Wort nicht mochte.

Aeric warf ihr einen ungeduldigen Blick zu, bevor er fortfuhr.

„Medien sind eine Art von Hexen", sagte er und wedelte abweisend mit der Hand. „Wie ich gerade sagen wollte, gewinnen Hexen Macht und Stabilität von ihren Lebensgefährten. Ich bin überrascht, dass du das nicht weißt."

Echo stellte die Wasserflasche ab und überdachte seine Worte.

„Es gibt kein anderes Medium, das ich fragen könnte", sagte sie.

„Du musst die Fähigkeit von deiner Mutter geerbt haben", erklärte Aeric ihr. „Auf diese Weise erhält man die Gabe."

„Tja, meine Mutter ist tot", giftete Echo. „Sie kann oder wird mir diese Dinge nicht erzählen. Tee-Elle ist die einzige *Hexe* in meiner Familie und sie hat andere Fähigkeiten."

„Gris-Gris Hexe", murmelte Aeric.

„Was?", fragte Echo.

„Nichts, nichts", sagte Aeric kopfschüttelnd. „Ich wusste nichts von deiner Mutter."

Echo verlor die Geduld.

„Das ist nicht wichtig. Komm zurück zu dem Thema, über das du davor geredet hast, das über Lebensgefährten."

„Ja", sagte Aeric mit einem Nicken. „Hexen sind wie... Blitzableiter, könnte man sagen. Sie ziehen die Magie in der Welt um sie herum an und das in großen, schnellen Schüben. Der Lebensgefährte hilft der Hexe, eine Balance zwischen diesen Energien zu finden und sie zu speichern. Er bewahrt die Hexe davor, dass ihre..."

Aeric hielt inne, denn er versuchte offenkundig das richtige Wort zu finden.

„Sicherung durchbrennt?", schlug Echo vor.

„Sicherung, genau."

„Wie macht der Lebensgefährte das und wie gelingt es ihm, dass er nicht... du weißt schon, vom Blitz getroffen wird?", fragte Echo und ließ ihre Wimpern über ihre Augen fallen. Sie wünschte sich verzweifelt, dass sie dieses Gespräch mit irgendjemand anderem als Aeric führen könnte, aber es war wichtiger für sie die Antwort zu wissen, als sich von ihrer Schamhaftigkeit zurückhalten zu lassen.

Da grinste Aeric und entblößte schockierend perfekte, weiße Zähne.

„Gefährten sind geschützt. Du kannst Rhys' Sicherung nicht durchbrennen, Echo."

Echos ganzer Körper lief knallrot an und sie musste

mehrere beruhigende Atemzüge machen, um Aerics plötzliche Belustigung ignorieren zu können.

„Lass uns das Ganze einfach hinter uns bringen, okay? Ich habe es beim letzten Mal fast geschafft", brummelte Echo.

„Einen Augenblick, bevor du anfängst", stoppte Aeric sie und hielt einen Finger hoch.

Er stürzte aus dem Raum und kehrte wenige Minuten später mit einem Stoffbündel zurück, das er zusammengeknüllt in einer Hand trug.

„Hier", sagte er und hielt ihr das Bündel hin.

Ohne fragen zu müssen, wusste Echo, dass es sich um ein Kleidungsstück von Rhys handelte. Sie konnte seinen einzigartigen Geruch sogar aus zwanzig Zentimeter Entfernung *riechen*, was irgendwie gruselig war. Echo streckte ihre Hand aus und zog das Shirt aus seiner Hand weniger, weil Aeric es ihr aufzwang, als viel mehr weil sie es festhalten wollte. Sie wollte alles, das Rhys gehörte, allein für sich haben. Sie wollte nicht einmal, dass sein Wächterkollege sein T-Shirt in der Hand hielt.

„Ich glaube, ich werde verrückt", sinnierte sie laut.

Aeric schnalzte mit der Zunge und nahm ihr das Shirt wieder ab, um es über Echos Schultern zu legen. Rhys Duft flutete ihre Sinne und irgendeine Spannung tief in Echo löste sich. Bis zu diesem Moment hatte sie nicht einmal gewusst, dass das negative Gefühl überhaupt da gewesen war.

„Besser?", erkundigte sich Aeric und sah sehr selbstzufrieden aus.

Echo funkelte ihn finster an, aber antwortete nicht. Stattdessen wandte sie sich wieder dem Spiegel zu. Sie biss auf ihre Lippe, schnitt sich dieses Mal in ihre andere Hand und klatschte sie auf den Spiegel.

Sie öffnete ihren Geist ein weiteres Mal und beschwor das große Bild der Platine herauf. Als sie das Netzwerk dieses Mal untersuchte, waren ihre Sinne viel geschärfter. Sie spürte das Kribbeln einer möglichen Verbindung sofort und folgte ihr, ohne zu zögern. Indem sie bedächtig und langsam bei ihrer Suche vorging, konnte sie schließlich ihr Augenmerk auf einen flackernden Bereich des Netzwerkes richten.

„Ah", hauchte Echo. Ein Licht blitzte auf, eine winzige Information, bereit für die Ernte. Echo zupfte daran, schloss das Licht in sich ein und Bilder entstanden in ihrem Geist. Echo entdeckte als erstes Tee-Elle. Dann begann sie sich langsam zurückzuziehen, sodass sie jedes Mal ein größeres Stück des Gesamtbildes sehen konnte.

Tee-Elle, die versuchte ein Schloss in einem winzigen, dunklen Raum zu knacken. Ein dreistöckiges Haus, das mit abblätternder weißer Farbe gestrichen war. Die Zahlen 227 auf der Eingangstür. Die gepflegte, vertraut wirkende Straße. Die Nachbarschaft, sogar mit einem Schild.

Willkommen im historischen Algiers Point, stand darauf.

„Ich hab sie gefunden!", kreischte Echo.

Sie ließ die Vision verblassen und öffnete mit einem erleichterten Grinsen die Augen. Eine Sekunde war sie völlig verwirrt. Dann bemerkte sie, dass Aeric nirgends zu sehen war. Rhys stand an seiner Stelle und sah fuchsteufelswild aus.

„Oh… hey?", sagte Echo und zog die Nase kraus. „Wie groß ist die Wahrscheinlichkeit, dass dir Aeric *nicht* von meinem Plan erzählt hat?"

„Null", antwortete Rhys und verschränkte die Arme. Seine Augen verdunkelten sich von Smaragdgrün zu fast Schwarz und er schien sich große Mühe zu geben, nicht seine ganze Wut auf Echo loszulassen.

Rhys packte ihre Hände und drehte ihre Handflächen nach oben. Sein Kiefer verhärtete sich, während er die Schnitte musterte, die sie sich mit dem Schweizer Taschenmesser beigebracht hatte.

„Du musstest dich nicht selbst verletzen. Ich hätte deine Tante auch ohne dein Blut gefunden", knurrte er.

„Und wann wäre das bitteschön gewesen?", fragte sie. Die Worte hatten ihren Mund schon verlassen, bevor sie sie durchdacht hatte.

Rhys ließ ihre Hände los und wandte sich ab, um durch den Raum zu tigern. Jede Faser seines Körpers war angespannt und Echo konnte sehen, wie er seine Hände zu Fäusten ballte und wieder öffnete.

„Wir wussten bereits, dass sie in Algiers Point ist. Wir hätten das Haus in wenigen Stunden gefunden", zischte er zwischen zusammengepressten Zähnen hervor.

„Oh", sagte Echo und schnitt eine Grimasse. Sie hatte es geschafft, seine Fähigkeit, seinen Job zu machen, zu beleidigen und anzudeuten, dass sie ihm nicht vertraute. Und das alles in einem einzigen Satz.

Sie beobachtete, wie Rhys zum Fenster lief und die Verdunkelungsvorhänge zur Seite schob, um das dringend benötigte Sonnenlicht hereinzulassen.

„Verrat mir die Hausnummer, Echo", verlangte Rhys, während er sich mit einer Hand über den Nacken rieb.

Echo musste all ihre Kräfte aufbringen, um sich davon abzuhalten, ihm nicht einfach zu geben, was er wollte, nur damit sie seinen verwundeten Stolz trösten konnte.

„Ich möchte mit dir gehen", verkündete sie.

Rhys erstarrte und für einen Moment dachte Echo, dass die Ader, die seitlich an seinem Hals pochte, tatsächlich platzen würde.

„Versuchst du mich umzubringen, Frau?", knurrte er. „Zuerst machst du einen Bogen um mein Bett. Dann zweifelst du an meinen Fähigkeiten, meinen Job zu machen. Und jetzt denkst du, ich brauche beim Kämpfen einen Babysitter?"

Echo biss auf ihre Lippe und schüttelte den Kopf.

„Ich... so habe ich das nicht gemeint, Rhys."

Rhys drehte sich langsam zu ihr um und fixierte sie mit einem stählernen Blick an Ort und Stelle.

„Du kommst nicht mit uns. Du wirst hierbleiben, wo ich dich in Sicherheit weiß."

Echo senkte ihren Blick auf den Tisch und fuhr mit der Fingerspitze die Maserung im Holz nach.

„Sie mich an!", donnerte Rhys. Plötzlich war er neben ihr und riss Echo auf die Füße.

Echo starrte zu ihm hoch, überrascht von der Heftigkeit seiner Forderung.

„Sag mir, dass du tun wirst, was man dir befiehlt", verlangte Rhys.

„Ich −", Echo stockte.

„Gefährtin, so hilf mir Gott, wenn du einen Fuß außerhalb dieses Hauses setzt, werde ich dich bestrafen", drohte Rhys ihr. „Jetzt sag mir, dass du dich benehmen wirst."

Nach einem kurzen Moment des Zögerns nickte Echo. Rhys studierte ihr Gesicht mehrere lange Sekunden, ehe er sie losließ. Sie dachte, er würde davonstürmen, aber stattdessen packte er ihr Handgelenk und führte sie aus Aerics Gemächern.

„Betrete nie wieder dieses Stockwerk", schimpfte er, während er sie nach oben zu seinen Räumlichkeiten führte.

Echo hielt das Seufzen zurück, das ihr zu entwischen drohte, und nickte stattdessen lediglich. Rhys brachte sie zu seinem Schlafzimmer und setzte sie auf sein Bett, wo er sie warten ließ, während er einen Erste-Hilfe-Koffer holte.

Es herrschte Schweigen, während Rhys ihre Handflächen reinigte und verband, wobei er das merkwürdige Band zwischen ihnen mit jeder Berührung festigte. Er ging überraschend zärtlich vor, insbesondere in Anbetracht dessen, dass sie erst vor wenigen Minuten sein dominantes Verhalten erlebt hatte.

Nachdem Echo gründlich verarztet worden war, setzte sich Rhys neben sie auf das Bett, legte einen Arm um ihre

Taille und zog sie nah an sich. Er hob ihr Kinn an, suchte ihre Lippen und gab ihr einen tiefen, hungrigen Kuss.

Anscheinend ließ ihre unbefriedigende Schlafsituation ihren zukünftigen Gefährten genauso wenig kalt wie sie, was sie vor Freude ganz zappelig machte.

„Nenn mir die Hausnummer", verlangte Rhys, als er den Kuss unterbrach.

Echo setzte ein finsteres Gesicht auf, weil sie sich fragte, ob sein Kuss nur darauf abgezielt hatte sie dazu zu verleiten, die Information preis zu geben. Ein Blick in Rhys schimmernde grüne Augen und das Gefährtenband zupfte an ihrem Herzen, wodurch sich ihre Lippen ohne ihre Zustimmung öffneten.

„Zwei Siebenundzwanzig Pacific Avenue", platzte es aus Echo heraus, bevor sie Widerstand leisten konnte.

Ein Hauch von Humor erhellte Rhys Gesicht, als er noch einen Kuss auf Echos Lippen drückte. Er löste sich viel zu bald von ihr und ließ sie voller Verlangen zurück.

„Du solltest in meinem Bett sein, wenn ich zurückkomme", sagte Rhys, dessen Direktheit Echo die Röte in die Wangen trieb. „Ich denke, du wirst das genauso genießen wie ich."

Damit drehte er sich um, lief die Treppe nach unten und trommelte zweifellos die anderen Wächter für ihre Mission zusammen. Echo streckte seinem sich entfernenden Rücken die Zunge raus und ließ sich dann mit einem wütenden Stöhnen zurück auf das Bett fallen.

„Arschloch", flüsterte sie, auch wenn sie es nicht so meinte.

Rhys war ein Alphamann, seine Dominanz ein essenzieller Teil seiner Persönlichkeit. Er war herrisch und fordernd und diese Eigenschaften machten ihn so attraktiv wie nervig. Es hatte keinen Zweck zu leugnen, dass die gleichen Dinge, die in Echo den Wunsch weckten, sich die Haare auszureißen, gleichzeitig ihren Slip feucht werden ließen.

Trotzdem bedeutete das nicht, dass sie sich einfach hinlegen und es akzeptieren musste, oder? Welcher Mann wollte schon eine fügsame, fade Partnerin? Echos männliche Freunde auf der Loyola Universität hatten einen Namen für Frauen gehabt, denen ein gewisser Funke fehlte, ob im Bett oder Charakter: *Seestern* hatten sie sie genannt.

Echos Lippen zuckten, während sie ein Kichern unterdrückte. Sie war vieles, aber ein Seestern war sie ganz gewiss nicht. Sie setzte sich auf und sah sich in Rhys' Zimmer um, während sie nachdachte. Sie zermarterte sich eine Weile das Gehirn auf der Suche nach einer guten Idee. Ihr fielen mehrere Dinge ein, doch sie verwarf sie nacheinander, da sie entweder untauglich waren oder dazu geführt hätten, dass sie ihr Versprechen Rhys gegenüber brach.

Endlich hatte sie die zündende Idee und grinste.

Was wenn... was wenn ich einfach nur zuschauen würde, ohne dort zu sein? Ich müsste das Herrenhaus nicht verlassen.

Echo sprang auf und schlich wieder die Treppe nach unten zu Aerics Zimmern, wobei sie Rhys' Befehl, sich von ihnen fernzuhalten, geflissentlich ignorierte. Sie schnappte sich den magischen Spiegel und rannte hinunter ins Erdgeschoss, wo sie ihn auf den großen Esstisch legte.

Dieses Mal brauchte sie kein Blut – ihre Verbindung zu Rhys war bereits so stark, dass sie ihn praktisch fühlen konnte. Sie war sich ziemlich sicher, dass das genug sein würde, um mit Hilfe des Spiegels nach ihm zu suchen. Dann könnte sie einfach beobachten, wie sich alles entwickelte, und so ihre Ängste eindämmen, ohne sich Rhys zu widersetzen.

Sie legte ihre bandagierten Hände auf den Spiegel und schloss die Augen. Eine Sekunde später schrie sie auf, riss ihre Hände weg und schüttelte ihre brennenden Finger.

„Was in Gottes Namen??", kreischte sie und schaute auf ihre geröteten Fingerspitzen. „Sie haben den verflixten Spiegel verhext? Argh!!"

Echo starrte den Spiegel eine Weile an, dann nahm sie ihn vom Tisch. Der Zauberspruch war höchstwahrscheinlich mit den Schutzzaubern verbunden, die das Herrenhaus umgaben, wie die meisten von Gabriels Zaubern. Deswegen musste sie kurz nach draußen gehen, um ihren Suchzauber wirken zu können.

Über ihre Cleverness grinsend, hüpfte Echo geradezu auf ihrem Weg zur Eingangstür. Breite Marmorstufen führten von der vorderen Veranda des Herrenhauses hinab zur Straße und Echo stieg sie langsam hinunter. Die Schutzzauber endeten an der untersten Stufe, weshalb sich Echo auf eine Bank einige Schritte entfernt setzte. So war sie noch nah genug beim Haus, um sich im Falle einer Gefahr verstecken zu können, und weit genug weg, um den Spiegel benutzen zu können. Vermutlich.

Echo legte den Spiegel auf ihren Schoß und spreizte ihre Hände darüber, aber ein leises Geräusch unterbrach ihre Arbeit. Sie legte den Kopf schief und lauschte. Es klang als würde… jemand weinen?

Sich erhebend legte Echo den Spiegel auf die geschützten Stufen des Herrenhauses, bevor sie sich umdrehte und umsah. Sie brauchte eine Sekunde, um die Quelle des Geräusches auszumachen, aber dann sah sie eine kleine Gestalt, die sich auf der anderen Seite des schmiedeeisernen Zauns, der den Garten des Herrenhauses eingrenzte, am Boden zusammengekauert hatte.

„Hey", rief Echo. „Hey, ist alles okay bei dir?"

Die Gestalt wandte sich um, wodurch Echo erkennen konnte, dass es sich um ein dunkelhaariges kleines Mädchen mit einem tränenverschmierten Gesicht handelte.

„Geht's dir gut?", versuchte es Echo erneut.

„Ich habe meine Mommy verloren", schluchzte das kleine Mädchen, dessen Gesicht sich zusammenzog, um eine neue Flut großer Tränen zu produzieren.

„Okay, mach dir keine Sorgen", sagte Echo und blickte

über ihre Schulter. Die Eingangstür des Herrenhauses schwang auf, was bedeutete, dass Duverjay jeden Moment auftauchen würde. Wahrscheinlich würde er Echo mit allen Mitteln zurück in das geschützte Herrenhaus schleifen und nicht einen Gedanken an das kleine Mädchen verschwenden.

Echo drückte das Tor auf und machte einen Schritt auf das Kind zu.

„Warum kommst du nicht rein?", fragte Echo.

„Ich kann nicht", entgegnete das kleine Mädchen und hickste traurig.

„Warum nicht? Ich kann die Polizei für dich anrufen und wir können einfach auf der Treppe dort warten", schlug Echo vor und blickte zurück zum Haus. Duverjay trat tatsächlich gerade auf die Treppe und öffnete den Mund, zweifelsohne in der Absicht, Echo wegen ihrer Ungeduld anzubrüllen.

Sie sah zurück zu dem kleinen Mädchen und ihr Mund wurde trocken.

Da war kein kleines Mädchen mehr, nur eine große, grässlich aussehende Kreatur mit schleimig blauer Haut, fürchterlich gekrümmten Klauen und mehr messerscharfen Zähnen als Echo zählen konnte.

„Scheiße!", fluchte Echo und eilte rückwärts, doch sie war viel zu langsam. „Nein, nein, nein!"

Die Kreatur schien zu grinsen, während sie ihre Arme packte, sie zu sich riss und Duverjay anzischte. Duverjay hob eine silberne Armbrust und schoss einen Pfeil ab. Das Monster heulte vor Schmerz auf. Der Schrei war unglaublich laut. Die ganze Welt verlangsamte sich für einen Moment und Echos Herz raste, als ihr bewusst wurde, dass die Kreatur versuchte, sie in einen weiteren Schlupfwinkel zu ziehen.

Echo stoppte ganz plötzlich ihren Widerstand gegen die Kreatur und erschlaffte einfach in deren Griff. Überrascht ließ die Kreatur sie einen Augenblick los, was Echo reichte, um ihre Hände auf die Kreatur zu klatschen und einen Magiestrahl freizusetzen.

Das Geheule stoppte, als sie ihre Magie durch den Körper der Kreatur jagte und ihn in einen Lichtstrahl und Hitze hüllte. In der einen Sekunde starrte es sie mit gefletschten Zähnen an. In der nächsten war es verschwunden, getötet.

Echo atmete tief ein, sogar als ihre Knie nachgaben. Dass Duverjay sie in seine Arme hob und zurück zum Herrenhaus trug, bekam sie nur noch ganz schwach am Rande mit.

Ihre Augen rollten nach hinten und der letzte Gedanke, der ihr durch den Kopf ging, war, dass sie den Butler vielleicht doch unterschätzt hatte.

KAPITEL ZWÖLF

Rhys

*R*hys marschierte in das Herrenhaus und warf Gabriel einen scharfen Blick zu. Gabriel hatte einen Arm um Echos winzige Tante Ella geschlungen, die aussah, als könnte sie jeden Moment vor Erschöpfung zusammenbrechen. Duverjay kam ihnen an der Eingangstür entgegen und verbeugte sich linkisch vor Rhys.

„Ihre Lady ist oben und ruht sich aus", informierte der Butler Rhys. Duverjay hatte Rhys per SMS über Echos beinahe katastrophalen Fluchtversuch informiert und erwartete jetzt zweifelsohne Rhys' Zorn, weil er darin versagt hatte, sie eine mickrige Stunde im Herrenhaus festzuhalten.

Rhys nickte Duverjay knapp zu und der Butler nahm Reißaus. Daraufhin richtete Rhys seine Aufmerksamkeit auf Gabriel, Aeric und Tee-Elle.

„Gabriel wird dich nach oben bringen, damit du dich ein Weilchen ausruhen kannst", erklärte Rhys, nahm Tee-

Elles Hand und drückte sie. „Du und Echo könnt morgen Früh gemeinsam frühstücken, sobald du dich dazu im Stande fühlst."

„Du bist zu liebenswürdig", erwiderte Tee-Elle, schenkte Rhys ein schwaches Lächeln und tätschelte seinen Arm. „Das muss der Grund dafür sein, dass meine Echo dich so sehr mag."

Rhys' Blick schweifte nach oben zum zweiten Stock und er bemühte sich darum, eine neutrale Miene beizubehalten. In seinem Inneren hingegen tobte ein wütender Sturm, doch die arme Tee-Elle musste das nicht wissen.

„Muss wohl so sein", brummte Rhys. „Gabriel, hilf ihr bitte nach oben."

Gabriel zwinkerte Tee-Elle zu, was sie zum Lachen brachte, und dann liefen sie gemächlich zum Gästezimmer im ersten Stock. Aeric hatte Rhys bereits die Erlaubnis erteilt, Tee-Elle dort unterzubringen, bis man eine dauerhafte Lösung für sie gefunden hatte.

„Du wirst sie wahrscheinlich schlagen müssen."

Rhys Blick schnellte zu Aeric, der viel zu belustigt aussah.

„Halt den Rand. Ich hoffe, dass dich deine Gefährtin, wenn du sie findest, doppelt so schlimm quälen wird. Nein, eigentlich dreimal so schlimm."

Aeric grinste bloß und zuckte mit den Achseln.

„Ich bin eintausend Jahre alt. Wenn ich meine Gefährtin bis jetzt noch nicht gefunden habe, dann stehen die Chancen, dass es überhaupt jemals passieren wird, fast bei null", entgegnete Aeric.

Rhys versuchte, Aeric nicht mit offenem Mund anzustarren, als sich der andere Wächter umdrehte und zum Wohnzimmer lief. Eintausend Jahre alt? Rhys wusste, dass Bärengestaltwandler hunderte von Jahren leben konnten, aber eintausend Jahre? Davon hatte er noch nie gehört. Nicht zu vergessen die Tatsache, dass Aeric in der Blüte seines Lebens war, so fit und gewitzt wie niemand sonst, den Rhys je kennengelernt hatte.

Aerics kleine Offenbarung half Rhys', seinen Zorn ein wenig abzukühlen, da sie ihm eine willkommene Ablenkung bot. Sein Ärger verflog ein Stückweit, während er die Treppen erklomm und als er Echo tiefschlafend in seinem Bett vorfand, fiel es ihm ziemlich schwer, an seiner Wut festzuhalten.

Als sich Rhys neben sie auf das Bett setzte, regte sich Echo, wachte blinzelnd auf und streckte sich. Sie erstarrte, als sie ihn sah und biss auf ihre Unterlippe.

„Ich habe nicht versucht, wegzulaufen", platzte es aus ihr heraus und eine liebliche Röte schlich sich auf ihre Wangen.

„Nein?", fragte Rhys und zog eine Braue hoch. Es war schwer, das Lächeln niederzukämpfen, welches sich auf seine Lippen legen wollte. So in die Decke gewickelt, während sie ihre blonde Haarmasse aus ihrem Gesicht strich, war sie wirklich niedlich und verletzlich.

„Ich wollte nur zuschauen", seufzte sie. „Deswegen hatte ich den Spiegel. Aber jemand hat einen Zauber auf den Spiegel gelegt, sodass ich mir die Finger verbrannte, sobald ich ihn zu benutzen versuchte, weshalb ich die Reichweite der Schutzzauber verlassen musste."

Rhys grübelte einen Augenblick darüber nach und schüttelte schließlich den Kopf. Sie hatte nicht nur seine Wünsche missachtet, sondern es war ihr auch noch gelungen, sich dabei in noch größere Gefahr zu bringen. Echo schien Befehlen nicht viel abgewinnen zu können und Rhys hätte mit so etwas rechnen sollen. Das hatte er auch, weshalb er so weit gegangen war, Duverjay zu warnen. Unglücklicherweise hatte sich Echo als zu gerissen für den Butler erwiesen, obwohl dieser so neugierig war.

„Ich verstehe", sagte Rhys, der sich dafür entschied, das Thema ruhen zu lassen.

„Ja?", fragte Echo und stemmte sich nach oben, um sich näher neben ihn setzen zu können. „Ich dachte, du würdest so richtig wütend sein."

Rhys grinste.

„Oh, das bin ich", versicherte er ihr. „Fuchsteufelswild, um genau zu sein. Auf dich und Duverjay. Er sollte dich eigentlich babysitten."

Echos Miene verdüsterte sich und er konnte sehen, dass sie sich wegen seiner Aussage mit ihm streiten wollte. Sie starrte ihn mehrere lange Sekunden an, dann rollte sie mit den Augen.

„Was soll's", seufzte sie und senkte ihren herausfordernden Blick.

„Echo", sagte Rhys, rückte näher zu ihr und umfing ihren Kiefer.

Sie richtete diese wunderschönen amethystfarbenen Augen auf ihn und ihre Lippen teilten sich, um zu sprechen, doch Rhys unterband ihre Antwort mit einem Kuss. Er versuchte, den Kuss leicht und spielerisch zu gestalten, aber Echo konnte ihm nicht einmal so viel Selbstbeherrschung lassen. Sie erwiderte seinen Kuss mit unendlicher Leidenschaft. Ihre Hände krallten sich in seine Schultern und ein leises Stöhnen vibrierte in ihrer Kehle.

Rhys vertiefte den Kuss, seine Zunge wand sich um ihre, neckte und tanzte mit ihr, bis sie beide atemlos waren. Rhys musste sich dazu zwingen, sich von ihr zu lösen.

„Bist du verletzt? Sag mir die Wahrheit", forderte er und musterte ihr Gesicht.

„Nein", flüsterte Echo. „Nicht ein Kratzer."

Rhys verschloss ihre Lippen erneut mit einem hungrigen Stöhnen mit seinen und gab sie nur frei, um ihr das grüne Sommerkleid über den Kopf zu ziehen. Als er bemerkte, dass es sich in Wahrheit um sein Shirt handelte, brach ein Damm in ihm. Er starrte auf sie hinab, die jetzt nichts außer einem hauchdünnen, weißen Höschen und seinem

Duft trug, und er wusste, dass er sie haben musste. Das Warten hatte hier und jetzt ein Ende. Rhys riss sein Shirt nach oben und schleuderte es von sich. Anschließend legte er Echo nach hinten auf die dicke Daunendecke.

Er hob ihre Arme über ihren Kopf und fixierte sie dort, während er den anmutigen Bogen ihres entblößten Oberkörpers und die Perfektion ihrer nackten Brüste bewunderte. Ihre Brustwarzen hatten sich bereits zu harten Spitzen aufgerichtet und Rhys konnte sehen, dass ihre Arme und Rippen von Gänsehaut überzogen waren.

Er beugte sich nach unten, wobei er ihre Handgelenke mit einer Hand festhielt, und strich mit seiner Zunge über einen perfekten, dunkelrosa Nippel. Ihm lief das Wasser im Mund zusammen, als er knabberte und saugte und Echos Lippen ein atemloses Keuchen entlockte. Er gab ihre Hände frei, umfasste ihre beiden Brüste und hob sie höher, um sie mit seinen Lippen und Zähnen zu verwöhnen, bis sie sich unter ihm wand.

Echos Fingernägel glitten träge seinen Rücken hoch und runter, und Rhys hatte den starken Verdacht, dass sie sein Fleisch innerhalb weniger Minuten markiert haben würde. Der Gedanke an Echo in den Fängen der Leidenschaft spornte Rhys an und er stand auf, um ihr das Höschen auszuziehen. Echo hob ihre Hüften, um ihm dabei zu helfen, doch bevor er sich wieder auf sie legen konnte, stoppte sie ihn mit einer Hand auf seiner Brust.

„Ich möchte alles von dir sehen", sagte sie und knabberte an ihrer Unterlippe.

Echos Hände huschten zu seinem Hosenbund, knöpften ihn auf und zogen den Reißverschluss nach unten, bevor sie ihm die Hose über die Hüften schob. Rhys trat vom Bett zurück und ließ seine Hose fallen. Er genoss den erschrockenen Ausdruck auf Echos Gesicht, als sie ihn in seiner ganzen nackten Pracht betrachtete. Sein Penis stand stolz von seinem Körper ab, dick und hart vor

Verlangen nach ihr, und als er an ihre Seite zurückkehrte, stöhnte er, weil Echo seinen Schaft mit zitternden Fingern umschloss.

Er hätte über ihren verwunderten Gesichtsausdruck gelacht, aber Echo erkundete seine Länge mit mehreren zögerlichen Berührungen, was jeden Muskel in seinem Körper dazu brachte, sich anzuspannen und zu erschaudern. Als Echo mit ihrer Zunge über ihre Unterlippe fuhr und mit einem fragenden Blick zu ihm aufsah, schüttelte Rhys den Kopf.

„Wenn du deinen Mund bei mir benutzt, werde ich niemals durchhalten", sagte er. „Ich bin hart für dich, seit ich dich zum ersten Mal gesehen habe."

Echo überraschte ihn mit einem Grinsen.

„Ich werde schnell sein, ich verspreche es", entgegnete sie und drückte ihn nach hinten auf den Rücken.

„Das ist genau das, wovor ich Angst habe", gestand Rhys, machte aber keine Anstalten, sie aufzuhalten, als sie seinen Körper hinab rutschte.

Echo umschloss seine Härte mit ihrer Faust und neckte die Spitze mit schnellen Zungenschlägen, was Rhys rasend machte. Als die weiche Hitze ihres Mundes seine Eichel umhüllte, musste Rhys jedes Fünkchen Kontrolle aufbringen, um sie gewähren zu lassen. In diesem Moment wollte er einzig und allein eine Hand auf ihren Hinterkopf legen, sie im richtigen Winkel positionieren und ihren Mund absolut hemmungslos ficken. Weiß Gott, er hatte sich im Verlauf der letzten Woche oft genug vorgestellt, wie es sich anfühlen würde, wenn Echo ihn vollständig bis in ihren Rachen aufnehmen würde.

Sein Herz hämmerte in seiner Brust und es brachte ihn beinahe um, sie von sich zu schieben. Er musste sie richtig vögeln und ihr Band mit einem Paarungsbiss besiegeln. Außerdem wollte er, dass sie weiterhin von seinen Fähigkeiten im Schlafzimmer verblüfft war. Das würde garantiert nicht passieren, wenn er sich wie eine Teenager-Jungfrau in ihrem Mund ergoss.

Aber gottverdammt, wenn ihr Mund nicht das Süßeste war, das er jemals gefühlt hatte.

Echo langsam von seinem Schwanz schiebend, zog er sie nach oben, bis sie ausgestreckt auf seinem Körper lag. Er küsste sie tief und knurrte, als er den erdigen Geschmack seiner Männlichkeit auf ihrer Zunge schmeckte.

Echo schob ihre Hand zwischen sie beide und packte seine Länge ein weiteres Mal, um ihn in die richtige Position zu bringen. Ihre Feuchtigkeit schockierte Rhys, als seine Schwanzspitze auf ihre Scham traf. Das Gefühl ihrer Bereitschaft zerrte an seiner Selbstbeherrschung und er wusste, er musste jetzt die Kontrolle übernehmen, bevor sie ihm seine vollständig raubte.

Rhys schmunzelte über das leise Keuchen, das Echo entschlüpfte, als er sie herumwirbelte und ihre Beine weit spreizte, seine Erektion packte und mit der Eichel ihr Geschlecht vom Kitzler bis zu ihrer Spalte hoch und runter rieb.

Echo wimmerte und Rhys war überwältigt von ihrem Begehren genauso wie seinem eigenen. Er ließ sich eine langsame Minute Zeit, um ihre Klitoris mit seinem Daumen zu reizen, während er seine dicke Schwanzspitze an ihren Eingang presste und ihr frustriertes Stöhnen genoss. Sie krallte sich an seine Schultern und versuchte, ihn näher zu ziehen, aber Rhys baute die Spannung weiter aus, weil er die ersten Momente auskosten wollte.

Als Echo ihm ihre Hüften entgegenwölbte und Rhys' Penis einen klitzekleinen Zentimeter in ihren Körper zwang, verlor Rhys einen Teil seiner wertvollen Kontrolle. Er packte ihre Hüften und beobachtete ihr Gesicht, als er sich in sie schob, mit einem kräftigen Stoß tief in sie drang und ihren Körper dehnte, damit er ihn aufnahm.

„Oh!", schrie Echo, sogar als Rhys knurrte, weil sie sich so gut anfühlte.

„Fuck, du bist so perfekt", brachte er mit knirschenden Zähnen hervor. „So eng."

Er stieß wieder in sie, ungläubig. Er hatte gewusst, dass sie unglaublich sein würde, aber das ging sogar noch darüber hinaus. Jeder feuchte, krampfende Zentimeter ihres Kanals packte ihn und er musste seine ganze Konzentration aufbringen, um sich nicht sofort zu ergießen.

„Rhys", wimmerte Echo. „Ich –"

Sie musste ihm nicht sagen, dass sie kurz davor war, er konnte es spüren. Als Rhys einen beständigen Rhythmus aufbaute, in dem er sich in ihrer engen Hitze rein und raus bewegte, begann er sogar mehr als sein eigenes Vergnügen zu spüren. Er konnte tatsächlich auch einen Teil ihrer Lust fühlen, was seine eigene Wonne verdoppelte.

Es war auf die beste Weise überwältigend. Rhys wurde langsamer, sodass er Echos Knie auf seine Schultern legen konnte. Dann stieß er kraftvoller in sie.

„Rhys!", schrie Echo. Hätte er ihr Vergnügen nicht spüren können, hätte er gedacht, dass er sie umbrachte.

Er nahm sie tief und hart und schnell, verlor sich in dem Gefühl ihres Körpers. Er umfing eine ihrer unglaublichen Brüste, während er sich in sie rammte, und spürte, wie Echos Muskeln anfingen, sich um ihn zu verkrampfen.

Er schob seine Hand um sie herum zu ihrem unteren Rücken, hob sie einige Zentimeter an in dem Bemühen, den perfekten Winkel zu erwischen…

Echo schrie. Ihre Stimme zerstörte seine Konzentration, aber Rhys grinste nur. Anscheinend hatte er die richtige Stelle gefunden, denn Echo kontrahierte um ihn, ihre Mitte zog sich zusammen und molk seine Härte. Ihr Gesicht zeigte pure Glückseligkeit, als sie kam, ihr Orgasmus umwerfend und kraftvoll.

Erst da ließ Rhys ihren Hintern wieder auf die Matratze

fallen und erlaubte sich, sich auf seine eigene Erlösung zu konzentrieren. Er brachte nur noch eine Handvoll Stöße zu Stande, ehe sich sein Körper unfassbar anspannte. Sein Höhepunkt überraschte ihn beinahe und entriss seiner Kehle einen lauten Schrei, als er sich tief in Echos Körper ergoss. Er fluchte, während er Schub um Schub in seine Gefährtin pumpte und ihr Körper ihm auch den letzten Tropfen entrang.

Rhys vergrub sein Gesicht an Echos Hals und schlug seine Zähne tief in die empfindsame Stelle, wo ihre Schulter auf ihren Hals traf. Echo schrie auf und erschauderte vor Vergnügen und Schmerz. Die Empfindungen waren so stark, dass Rhys sie bis ins Mark fühlte. Als er sie freigab, nahm er sich viel Zeit, um über das Mal zu lecken. Er nutzte ihr gemeinsames Band, um die Wunde zu heilen, sodass nur noch ein frisches gerötetes Gefährtenmal zurückblieb. Sein Zeichen auf ihrem Fleisch, sein Samen in ihrem Körper, sein Anspruch in ihrem Herzen.

Rhys war plötzlich, endlich vollständig.

Rhys gab Echo einen letzten langen, tiefen Kuss, bevor er sich von ihr rollte und neben ihr zusammenbrach. Er zog sie fest an sich, da er in diesem Moment einfach zufrieden damit war, hier zu liegen, zu Atem zu kommen und Echos abgehackter Atmung zu lauschen.

KAPITEL DREIZEHN

Echo

„*I*ch möchte, dass du für die Wächter arbeitest, *lass.*"

Echo drehte ihren Kopf, um Rhys anzuschauen, und noch in der Sekunde, in der sich ihre Blicke kreuzten, schwoll ihr Herz mit einer Vielzahl von Gefühlen an. Ihre Gedanken schweiften ab, während sie daran dachte, dass er jetzt zu *ihr* gehörte, und ihr Körper errötete, als sie darüber nachsann, was das bedeutete. Es waren erst zwei Tage vergangen, seit sie das Gefährtenband vervollständigt hatten, doch Echo und Rhys schienen sich einen Wettkampf zu liefern, wer den anderen zuerst zur völligen Erschöpfung bringen konnte, denn ihre beiderseitige Lust nahm stündlich zu.

„Echo?", sagte Rhys und durchbrach ihren momentanen Gedankengang.

„Hm?", fragte sie.

Ein Grinsen breitete sich auf Rhys' Gesicht aus und Echo musste den Drang niederkämpfen, sich über die Lippen zu lecken und ihn für einen mitreißenden Kuss an sich zu ziehen.

„Ich habe dich gebeten, für die Wächter zu arbeiten", erinnerte er sie.

„Oh. Äh… was?", fragte Echo verwirrt.

„Ich habe mit Mere Marie gesprochen und sie hat zugestimmt, dass wir dich fragen, ob du für uns arbeiten möchtest."

Echo legte die Stirn in Falten.

„Du willst mich nur in der Nähe haben, damit du mich im Auge behalten kannst", wand sie ein. Heute war ihr zweiter Tag in ihrem alten Job im French Quarter gewesen und Rhys hatte seinem Missfallen über ihre Abwesenheit mehr als deutlich Ausdruck verliehen. Wenn man für einen Mann wie Rhys den Ausdruck 'schmollen' benutzen konnte, dann war das genau das, was er getan hatte.

„*Aye*", stimmte er zu und fing ihre Hand ein, als sie nach oben griff und ihm auf den Arm schlug. Er verflocht ihre Finger mit seinen und küsste ihre Fingerknöchel. „Sei nicht böse. Ich kann die Vorstellung, dass du ohne Schutz herumläufst, einfach nicht ertragen."

„Rhys", begann Echo und drückte seine Finger kurz, bevor sie sie ihm entzog. „Du wirst dich daran gewöhnen müssen. Du kannst mir nicht täglich den ganzen Tag folgen ganz egal, wo ich arbeite. Ich bin eine selbstständige Person und ich verdiene Privatsphäre, wenn ich sie möchte."

Rhys Blick verengte sich, aber er wagte es nicht, ihr zu widersprechen.

„Das ist aber nicht der einzige Grund, warum ich möchte, dass du für uns arbeitest", sagte er und änderte seine Taktik.

„Oh ja?", fragte Echo skeptisch.

„Wir brauchen jemanden, der das Tagesgeschäft der

Wächter managt. Anrufe entgegennimmt, eine Datenbank mit Informationen füttert, solche Sachen eben."

„Macht das im Moment nicht Duverjay?", fragte Echo.

Rhys schnaubte und Echos Lippen zuckten. Er meinte zumindest diesen Teil absolut aufrichtig.

„Wohl kaum. Er erledigt die häuslichen Aufgaben und mehr nicht. Duverjay hat das sonnenklar gemacht", erklärte Rhys.

Echo dachte über seine Worte nach und schürzte die Lippen.

„Ich bin mir nicht sicher, ob ich für diese Aufgabe geeignet bin. Ich habe noch nie einen Bürojob oder ähnliches gehabt", erwiderte sie.

„Ich glaube nicht, dass dieser Job dem ähneln würde. Außer die meisten Bürojobs erfordern es, dass jemand ein Spreadsheet führt, in dem er Vampirangriffe verzeichnet und Gerüchte über Hexen, die Tote wiedererwecken", erzählte Rhys ihr.

Echo konnte sich das Kichern nicht verkneifen.

„Nein, ich schätze nicht", stimmte sie zu.

„Außerdem, nach dem zu urteilen, was du mir erzählt hast, verfügst du über alle Grundkompetenzen. In deinem jetzigen Job erstellst du die Arbeitspläne, was so ähnlich wäre, wie der Patrouillenplan für uns. Du führst Buch über den Lagerbestand und die Verkäufe, was vergleichbar damit wäre, die Datenbank über Kith-Aktivitäten zu führen. Im French Quarter hast du es mit einer Menge betrunkener Arschlöcher zu tun, was dich auf den Umgang mit Aeric vorbereiten sollte."

Rhys' Augen funkelten belustigt über seinen Witz, aber sie wussten beide, dass er mit dieser Aussage nicht allzu weit von der Wahrheit entfernt war. Aeric war unter den besten Umständen kratzbürstig und Echo hatte ihn noch nicht einmal erlebt, wenn er wirklich schlechte Laune hatte.

„Ich werde darüber nachdenken", sagte Echo. Sie fing

Rhys' Blick auf und bedachte ihn ihrerseits mit einem langen Blick, dann lächelte sie. „Das werde ich, ich verspreche es. Es ist nur… viel. Wir haben noch nicht einmal über einen Teil der anderen wichtigen Sachen geredet, wie zum Beispiel mein Apartment."

„Du kannst hier einziehen, das ist doch klar", erwiderte Rhys stirnrunzelnd.

„Und was machen wir, wenn du die Wächter verlässt?", wollte Echo wissen.

Rhys verstummte und Echo realisierte, dass sie hier einen wunden Punkt getroffen hatte.

„Du weißt nicht, wann das sein wird?", fragte sie.

„Nein", antwortete Rhys und erhob sich abrupt. „Ich arbeite für Mere Marie, bis sie mich freigibt."

„Hey", sagte Echo, schnappte seine Hand und zog ihn zurück zum Bett, um ihm einen Kuss zu geben. „Das ist okay. Das bedeutet lediglich, dass ich auch hierbleiben werde, bis sie dich freigibt. Okay?"

Rhys schaute auf sie hinab, während mehrere Emotionen über sein Gesicht tobten. Echo umarmte seine nackte, muskulöse Taille und drückte einen Kuss auf seinen Bauchnabel.

„Ich sollte mich fertig machen", seufzte Rhys. „Heute muss ich patrouillieren. Aeric und Gabriel sind für mich eingesprungen, seit du hierhergekommen bist, und ich denke, so langsam werden sie wütend."

„Wohl eher eifersüchtig", wand Echo ein und wackelte mit den Augenbrauen.

„*Aye*", stimmte Rhys zu und beugte sich nach unten, um ihr einen letzten Kuss zu geben. Er wandte sich ab und schlurfte zum Duschen ins Bad, wodurch er Echo eine tolle Aussicht auf sein nacktes Hinterteil in Bewegung lieferte.

„Uff", flüsterte sie und ließ sich nach hinten auf das Bett fallen.

In den letzten Tagen hatten sie mit einigen Startschwierigkeiten zu kämpfen gehabt. Sie und Rhys waren zwar tief miteinander verbunden, aber sie waren von Natur aus beide sehr selbstständig. Nicht zu vergessen stur, eine Eigenschaft, die sie beide in rauen Mengen besaßen. Zwischen Runden spektakulärem und gymnastischem Sex hatten sie diskutiert, wie ihre gemeinsame Zukunft aussehen würde. Rhys sprach nur vage über seine Wünsche und forderte bloß, dass er in der Lage sein sollte, 'seine Gefährtin zu beschützen', wie er es für angemessen hielt. Echo andererseits war praktischer veranlagt und wollte wissen, wo sie wohnen würden, wie sie Meinungsverschiedenheiten lösen würden, solche Dinge eben.

Bis jetzt hatten sie sich meistens nur gestritten und dann mehrere Stunden gevögelt, bis sie beide zu müde waren, um sich weiter Worte an den Kopf zu werfen. Ein großer Streitpunkt blieb jedoch bestehen – Pere Mal und die Drei Lichter.

Tee-Elle war gestern Abend der übermäßige Beschützerdrang der Wächter endgültig zu viel geworden und sie hatte darauf bestanden, in ihr Haus zurückzukehren. Bevor Echos Tante gegangen war, hatten sich allerdings alle unten um den großen Tisch versammelt, um die ganze Situation zu besprechen. Tee-Elle hatte alles dargelegt, was sie über die Drei Lichter wusste und Gabriel hatte einige Informationsbröckchen hinzugefügt, die er bei seinen Nachforschungen herausgefunden hatte.

Die offenkundige Schlussfolgerung war, dass Echo wegen ihrer Fähigkeiten als Medium das Erste Licht war, was bedeutete, dass das Zweite und Dritte Licht vermutlich gefunden werden konnten, indem man mit einem Geist hinter dem Schleier in Kontakt trat. Wer dieser Geist sein könnte, wusste niemand, aber Echo hatte ihnen von ihrer Idee erzählt, die sie für die praktikabelste Lösung hielt.

„Ich sollte zu den Toren von Guinee gehen und erkunden, was auf der anderen Seite des Schleiers liegt", hatte sie gesagt und die anderen reihum mit einem gewissen Maß an Verzweiflung angesehen.

Rhys war natürlich sofort ausgerastet bei der Vorstellung trotz der Tatsache, dass er so gut wie nichts über Mediumismus wusste oder was sich auf der anderen Seite des Schleiers befand. Um fair zu sein, Echo wusste auch nicht viel darüber, aber sie hatte den starken Verdacht, dass sie viele ihrer Fragen mit einem einfachen Ausflug durch den Schleier beantworten könnte. Schließlich war das doch der Grund, warum Pere Mal sie in die Finger bekommen wollte, oder nicht?

Echo kuschelte sich wieder in Rhys' Bett. Nun, sie nahm an, dass es jetzt ihr beider Bett war. Rhys war wundervoll. Er sorgte dafür, dass sie sich sicher und gewollt und wertgeschätzt fühlte, aber seine Beharrlichkeit, sie nicht helfen zu lassen, würde sie noch in den Wahnsinn treiben.

Echo ließ ihre Augen zufallen, denn sie dachte, sie könnte noch ein paar Stunden schlafen, bevor sie aufstehen und ihren Tag beginnen würde. Wenn sie wirklich ihren Job kündigen würde in dem Laden, den sie seit über fünf Jahren praktisch ganz allein geführt hatte, musste sie ausgeruht sein. Sie liebte die Ladenbesitzer und sich von ihnen zu verabschieden, würde ein großes Maß an emotionaler Stärke erfordern.

Echo musste eingenickt sein, ohne es bemerkt zu haben, denn ehe sie sich versah, stand sie auf der Eingangstreppe des Herrenhauses einem ihr bekannt vorkommenden Mann gegenüber. Unglaublich groß, ein vage hispanisch anmutendes gutes Aussehen, ein Smoking… und diese faszinierenden, furchteinflößenden flammendorangenen Augen.

„Pere Mal", hauchte Echo.

„Genau der", sagte er und musterte sie von oben bis unten.

Sie sah an sich hinab und blickte finster drein, als sie bemerkte, dass sie lediglich in Rhys' übergroßes T-Shirt gehüllt war. Als sie den Blick wieder hob, wirkte Pere Mal amüsiert.

„Kannst du mich nicht wenigstens anziehen?", giftete Echo und verschränkte die Arme vor ihren Brüsten.

„Es ist dein Traum, Chérie", antwortete Pere Mal, dessen geheuchelte Entschuldigung so durchscheinend wie ein Papiertaschentuch war. „Zieh dich selbst an."

Echo kräuselte die Stirn und stellte sich in Gedanken vor, dass sie Jeans und eine vernünftige Bluse trug. Als sie erneut an sich hinabsah, trug sie tatsächlich genau diese Kleidung.

„Wie bist du hierhergekommen, wenn das mein Traum ist?", wollte sie wissen und sah zu Pere Mal hoch. Er war auf übernatürliche Weise gruselig und ihn zu lange anzustarren, jagte ihr eine Gänsehaut über den Rücken.

„Schwer zu sagen, Chérie. Vielleicht wollte ein Teil von dir mit mir reden, n'est-ce pas?"

Echo biss auf ihre Lippe. Er könnte recht haben. Sie wollte nicht unbedingt mit ihm interagieren, aber sie wollte die Situation klären, damit sie ihr Leben mit Rhys beginnen konnte, ohne ständig über ihre Schulter schauen zu müssen.

„Warum bist du also hier?", fragte sie. „Irgendwie bezweifle ich, dass du hierhergekommen bist, um mir zu helfen."

„Das denkst du nicht?", fragte Pere Mal und warf ihr einen abschätzenden Blick zu.

„Nein, den Eindruck machst du nicht auf mich", erwiderte Echo mit einem Achselzucken. „Oh und du bist ein Entführer, der seine Handlanger schickt, um kleine alte Damen in ihrem eigenen Haus zu verprügeln."

Pere Mal wirkte verblüfft, dann lachte er.

„Du meinst wohl deine Tante", sagte er grinsend. „Sie ist absolut in der Lage, auf sich selbst zu achten, das kann ich dir versichern. Wenn ich ihr schaden wollen würde, wäre das sehr viel schwieriger, als sie einfach in einem durch

Zauber geschützten Raum einzusperren. Außerdem wäre es mir viel lieber, mich direkt an die Quelle zu wenden. Tee-Elle kann mir nicht geben, was ich will."

„Genauso wenig wie ich", entgegnete Echo und stemmte die Hände in die Hüften.

„Natürlich kannst du das. Du machst einen kurzen Ausflug hinter den Schleier und redest mit ein paar Geistern. Dann siehst du mich nie wieder", erklärte Pere Mal achselzuckend.

„Oh, das bezweifle ich doch schwer. Rhys ist ein Wächter. Also denke ich, werden wir uns ab jetzt sehr oft über den Weg laufen", antwortete Echo.

„Wenn du es sagst, Chérie", erwiderte Pere Mal. „Ich denke, dein und mein Weg wird sich nicht kreuzen, weil dein Gefährte dich erst gar nicht aus dem Haus lassen wird. Du hast deinem Mann die Zügel überlassen, nicht wahr?"

Seine Worte trafen Echo tief, aber sie weigerte sich, sich von ihm einschüchtern zu lassen.

„Ich werde dir nicht helfen", verkündete sie flach.

Pere Mal seufzte schwer auf und schüttelte den Kopf.

„Zwing mich nicht dazu, dir zu drohen, Chérie", begann Pere Mal.

„Nenn mich nicht so!", fauchte Echo, deren Geduld allmählich versiegte.

„Wie du wünschst", sagte er. „Das ändert allerdings nichts an den Fakten. Wenn du mir nicht besorgst, was ich möchte, werde ich deinen Gefährten töten. Deine Tante ebenfalls. Ich werde weiter töten, bis du tust, worum ich dich bitte."

Echo erstarrte und versuchte, Pere Mals Absichten abzuschätzen. Sie nahm sich ein Beispiel an Tee-Elle und öffnete ihren Geist, um seine Aura zu betrachten. Sie machte fast einen Schritt rückwärts, als sie sie sah. Seine Aura war fast vollständig rot, ein intensives Rot, genau die Farbe frisch vergossenen Blutes. Die Gewalt, die unter seinem berechnenden Verhalten brodelte, war jetzt offensichtlich.

Pere Mal würde nicht zögern, Rhys, Tee-Elle und jeden anderen zu töten, der das Pech hatte, Echo am Herzen zu liegen.

„Du hast einen Tag, um darüber nachzudenken", sagte Pere Mal, griff in seine Anzugjacke und zog eine Visitenkarte heraus, die er Echo entgegenstreckte. Als sie zögerte, bleckte Pere Mal doch tatsächlich die Zähne. Zum ersten Mal bemerkte sie, dass seine Zähne zu grausamen, ekelerregenden Spitzen gefeilt worden waren.

Echo streckte die Hand aus und nahm die Karte mit zitternden Fingern entgegen, woraufhin sich Pere Mals Gesicht abermals zu einer völlig ausdruckslosen Miene glättete.

„Exzellent. Ich erwarte bis morgen von dir zu hören, Echo. Ansonsten werde ich deinem Gefährten einen Besuch abstatten." Er machte eine Pause und warf ihr dann einen beinahe mitleidigen Blick zu. „Ich würde mir deswegen den Kopf nicht allzu stark zerbrechen, Chérie. Du wirst mir geben, was ich will. Das wurde vorhergesagt."

Echo öffnete ihren Mund, aber kein Laut kam heraus. Sie blinzelte und fand sich wieder auf Rhys' Bett liegend, zitternd und schweißbedeckt. In ihrer rechten Hand umklammerte sie eine zerknitterte Visitenkarte und Echo musste sie nicht anschauen, um zu wissen, dass sie Pere Mal gehörte.

„Was zum Teufel?", flüsterte sie und krümmte sich zu einem Ball zusammen, während sie gegen die Tränen ankämpfte.

Obwohl die Morgendämmerung noch immer fern war, wusste Echo, dass es für sie keinen Schlaf mehr geben würde, nicht in nächster Zeit.

. . .

Echo lag bis spät am nächsten Abend im Bett, weil sie nicht wieder einschlafen konnte trotz ihrer zunehmenden Erschöpfung. Rhys lag neben ihr, den Bauch und das Gesicht in die Matratze gepresst, wodurch er Echo einen wunderbaren Blick auf seinen fantastisch geformten Rücken, Po und Beine gewährte. Ein Arm lag auf Echos Bauch und hielt sie nah bei sich, während er schlief.

Echo streckte ihre Hand aus, um mit den Fingern durch seine Haare zu fahren, während ein trauriges Lächeln ihre Lippen umspielte. Er war so hübsch und ein so guter Gefährte. Sein Beschützerinstinkt war vielleicht etwas zu stark ausgeprägt. Okay, er war viel zu stark ausgeprägt, aber Echo hatte sich noch nie in ihrem Leben so geliebt gefühlt. Die Verbindung, die sie zu Rhys hatte, war stärker als jede, die sie jemals zu einem anderen Menschen gehabt hatte, sogar stärker als die zu ihrer geliebten Tee-Elle.

Rhys hatte sich in ihr Herz geschlichen und dort eingenistet, obwohl sie einander erst seit so kurzer Zeit kannten. Echo machte sich Sorgen um ihn, wenn sie nicht im gleichen Zimmer waren, genauso wie es ihm mit ihr erging. Der Beschützerinstinkt galt für sie beide, was auch der Grund dafür war, dass Echos Herz in diesem Moment dermaßen schmerzte.

Nach einer Stunde überwältigendem, äußerst schmutzigem Sex war Rhys auf dem Bett zusammengebrochen und hatte verkündet, dass die Wächter anfangen würden, Pere Mals Häuser eines nach dem anderen anzugreifen. Das sollte ein Versuch sein, Pere Mals Organisation zu zerschlagen und andere Entführungsopfer zu finden, die er vielleicht noch festhielt, wie er es mit Tee-Elle gemacht hatte.

Echo hatte genickt und kaum zugehört, während sie eingeschlafen war. Dann hatte sie den lebhaftesten, furchterregendsten Traum ihres ganzen Lebens gehabt, in dem sie ein halbes Dutzend Szenarien hatte beobachten müssen, in denen Pere Mal Rhys tötete. Sie hatte beobachtet, wie ihr Gefährte von Schlägern auf der Straße abgeknallt wurde, wie ihn ein *Zombie* zerfetzt hatte, wie Pere Mal ihm das Herz aus der Brust gerissen hatte. Dann hatte es noch den Gifttod gegeben, den Tod in einem Käfigkampf gegen einen anderen Bärengestaltwandler auf dem Graumarkt sowie den Tod durch Ersticken, nachdem er lebendig von Pere Mals Lakaien vergraben worden war.

Nach dem letzten war Echo nach Luft schnappend aufgewacht. Rhys, der immer noch tief und fest schlief, hatte etwas gemurmelt und sie ein Stückchen zu sich gezogen. Selbst im Schlaf wusste er um ihre Bedürfnisse. Das war schließlich ausschlaggebend, der Moment, in dem Echo wusste, dass sie sich Pere Mals Wünschen beugen musste. Rhys war zu gut, zu wundervoll. Er beschützte die Stadt, passte auf die anderen Wächter auf, genauso wie er es bei seinem Clan getan hatte.

Aber wer würde auf Rhys aufpassen? Es gab niemanden außer Echo und sie würde auf keinen Fall diejenige sein, die ihn wegen etwas so Dämlichem wie ein paar Informationen sterben lassen würde.

Trotzdem wollte Echo einem bösartigen Mann wie Pere Mal nicht einfach den Namen eines unschuldigen Mädchens verraten. Daher hatte sie sich eine hübsche Reihe Lügen zurechtgelegt. Namen und detaillierte Informationen über das Zweite und Dritte Licht, alle frei erfunden.

Sie musste lediglich eine Aura der Wahrheit heraufbeschwören, während sie ihre Lügen erzählte, und Pere Mal würde es nie wissen.

Einfach. Kinderleicht, redete sie sich ein, aber in Wahrheit hatte Echo eine Heidenangst.

Sie warf Rhys einen letzten langen Blick zu und schob dann seinen Arm von ihrem Bauch. Er grummelte protestierend, obwohl er noch immer wie ein Stein schlief. Echo drückte ihm nur einen Kuss auf die nackte Schulter und stieg aus dem Bett.

Sie ging zum Gästezimmer, um sich anzuziehen und die zerknitterte Visitenkarte mit Pere Mals Kontaktdaten zu holen, die sie unter der Matratze versteckt hatte. Nachdem sie in Jeans, Sneakers und eines von Rhys' T-Shirts als Glücksbringer geschlüpft war, schlich Echo die Treppe nach unten. Sie war durch die Eingangstür gehuscht, bevor es irgendjemand bemerkte und schon auf halbem Weg den Block hinab, bevor sie anhielt, um zurück zum Herrenhaus zu schauen. Ihr Herz trommelte wild gegen ihre Brust, während ihr Tränen in den Augen brannten.

Kopfschüttelnd straffte Echo die Schultern, setzte sich wieder in Bewegung und hob den Arm, um ein Taxi anzuhalten.

Es ist besser so, wiederholte sie immer wieder in Gedanken. *Du kannst das. Du kannst ihn beschützen.*

Das konnte die einsame Träne allerdings auch nicht aufhalten, die ihrem Augenwinkel entwischte und über ihre Wange rollte, als Echo in das Taxi stieg. Sie konnte die Reue, die in ihrer Brust wuchs, nicht abschütteln, nicht einmal als sie dem Fahrer die Adresse nannte. Sie hatte die Steine ins Rollen gebracht und sie würde schauen wie sie fielen.

Was auch immer geschehen würde, würde geschehen.

KAPITEL VIERZEHN

Rhys

*R*hys wachte von dem Geräusch seines auf dem Nachttisch vibrierenden Handys auf. Er setzte sich desorientiert auf und griff danach. Er starrte das Display böse an und wischte darüber, um den Anruf anzunehmen, während er sich umdrehte und das leere Bett düster betrachtete. Sein Gehirn versuchte, gleichzeitig Echos Abwesenheit und einen Anruf um vier Uhr morgens zu verarbeiten, und versagte.

„Hallo?", fragte er, während er seinen Blick durch den Raum schweifen ließ auf der Suche nach Hinweisen zu Echos Verbleib.

„Du hast mein Mädchen nicht im Aug behalten", ertönte Tee-Elles Stimme. Sie klang mehr als verärgert und Rhys blinzelte verwirrt.

„Woher hast du diese Nummer?", fragte er.

„Das ist die erste Frage, die du mir stellst?", schoss Tee-

Elle zurück. „Vielleicht solltest du mich eher fragen, wo dein Mädchen ist, hm?"

Rhys' Herz setzte einen Schlag aus.

„Äh… okay, wo ist Echo?", fragte er und rieb sich mit einer Hand über sein Gesicht.

„Ich weiß nicht genau, wo sie hingeht, aber sie hat gerade mein Haus verlassen. Die kleine hinterlistige Diebin denkt, ich weiß es nicht, aber sie kam hier rein und hat ein paar meiner Gris-Gris Säckchen mitgenommen. Sieht aus, als würde sie einen Schutz brauchen und ich verwette meinen Hintern darauf, dass die kleine Närrin etwas tun wird, das sie in Gefahr bringen wird."

Rhys sprang auf die Füße und suchte dort nach seiner Jeans, wo er sie vorhin hingeworfen hatte.

„Du weißt aber nicht, wohin sie geht?", verlangte er zu wissen.

„Sie wird Pere Mal suchen. Ich weiß nur nicht, wo das ist", antwortete Tee-Elle. „Sie hat auch ein paar Gris-Gris mitgenommen, die die Privatsphäre, eine Tarnung oder das Verbergen der Aura und der Anwesenheit von Magie unterstützen. Ich kann sie in meinem magischen Spiegel nicht finden."

„Fuck."

„Mmm-hmm. Du findest besser mein Mädchen, Bär. Ansonsten haben du und ich ein ernsthaftes Problem."

„*Aye*", sagte Rhys. „Danke für deinen Anruf. Ich werde sie bald Heim bringen und dann kannst du mit ihr schimpfen, sobald ich damit fertig bin."

Tee-Elle legte mit einem Schnauben auf und Rhys hetzte aus seinen Gemächern und die Treppe hoch, um gegen Gabriels Tür zu hämmern. Gabriel erschien ohne Shirt und Rhys hörte ein weibliches Kichern irgendwo in den Räumen des anderen Wächters.

„Kein guter Zeitpunkt", sagte Gabriel, der bereit war, die Tür vor Rhys' Nase zu schließen.

„Echo ist zu Pere Mal gegangen", erklärte Rhys und hielt die Tür mit einer Hand auf.

Gabriel hielt inne und presste die Lippen zu einem dünnen Strich zusammen.

„Wohin?", fragte er.

„Weiß nicht. Ich dachte, du könntest einen dieser Aufspürzauber wirken, wie du es vor ein paar Monaten bei diesem Grabräuber gemacht hast, und uns ihre Schritte der letzten paar Stunden zeigen."

Nach einem Moment nickte Gabriel.

„Wir treffen uns unten in fünfzehn Minuten", sagte Gabriel und wandte sich ab. „Und ruf Aeric von der Patrouille her. Wir werden ihn brauchen."

„Mach fünf draus", knurrte Rhys und ignorierte Gabriels missmutiges Seufzen.

In weniger als zwanzig Minuten standen alle drei Wächter im Fitnessraum, in ihre Kampfmontur gekleidet und bis an die Zähne bewaffnet. Rhys fummelte an seinem Schwertknauf herum, während Gabriel den Aufspürzauber durchführte. Gabriels Augen waren geschlossen und seine Augäpfel zuckten hinter seinen Augenlidern vor und zurück, während er Echos Schritte nachvollzog.

Aeric bedachte Rhys mit einem langen Blick und Rhys realisierte, dass er mit den Fingerspitzen auf sein Schwert trommelte, um seiner Ungeduld Ausdruck zu verleihen. Zum Glück wählte Gabriel genau diesen Moment, um seine Augen zu öffnen, was beide Probleme auf einmal beseitigte.

„Sie ist in Gentilly Terrace", verkündete Gabriel, indem er ihnen eine Nachbarschaft nannte, die eine circa fünfzehn minütige Fahrt vom Herrenhaus entfernt lag. „Es ist ein Grundstück, von dem wir wissen, dass es Pere Mal gehört. Aber es ist mehr oder weniger verlassen. In zwei Wochen hätten wir es erkundet, wenn wir unsere Grundstückliste abgearbeitet hätten."

„Lasst uns losgehen", sagte Rhys und drehte sich zur Garage.

Das Geräusch eines Räusperns ließ ihn zur Salzsäule erstarren. Er wirbelte herum und entdeckte Mere Marie nur wenige Schritte entfernt von sich. Sie war in eine fließende weiße Robe und eine dazu passende Haube gehüllt. Gottverdammt, die Frau bewegte sich wie eine verfluchte Hauskatze. Sie würden ihr ein Glöckchen umhängen müssen, damit sie sich nicht mehr so an sie heranschleichen konnte.

„Mistress", sagten Rhys und Gabriel gleichzeitig. Aeric neigte bloß den Kopf vor seiner Arbeitgeberin.

„Ich habe etwas, von dem ich denke, dass es euch hilfreich sein könnte", erklärte Mere Marie. Sie zog den längsten, am gefährlichsten aussehenden Dolch hervor, den Rhys jemals gesehen hatte. Er war komplett aus Silber und in ein rotes Leuchten gehüllt. Der Dolch lag auf einem Tuch zerknitterten Samtes und Rhys erkannte, dass sie sich große Mühe gab, das Metall nicht mit ihren bloßen Händen zu berühren.

„Was ist das?", wollte Gabriel wissen.

„Zerbrich dir darüber nicht den Kopf. Alles, was ihr wissen müsst, ist, dass er einzig und allein für Pere Mal bestimmt ist und nur einmal benutzt werden darf. Er wird ihn außer Gefecht setzen, das kann ich euch versichern. Oh, und ihr solltet Handschuhe tragen, wenn ihr ihn benutzt."

Aeric nahm die Klinge entgegen, die in das Samttuch gewickelt war, und ging zum Waffenkäfig auf der Suche nach einem Paar lederner Fechthandschuhe.

„Wenn einer von uns Pere Mal mit dieser Klinge verletzt, wäre es das dann? Das Ende der Wächter, meine ich?", erkundigte sich Gabriel.

Mere Marie neigte den Kopf zur Seite und bedachte Gabriel mit einem nachdenklichen Blick.

„Und wohin genau würdest du dann gehen, mein Lieber?", war ihre einzige Antwort.

Sie drehte sich um und ging zurück zum Haus, wodurch ihr Gabriels mörderischer Blick entging.

„Komm schon", sagte Rhys und schlug mit einer Hand auf Gabriels Schulter. „Lass dich von ihr nicht aus der Bahn werfen."

Aeric kehrte zurück und warf jedem von ihnen ein Paar Handschuhe zu, woraufhin sie alle zur Garage gingen. Gabriel nutzte ein iPad, um Satelliten- und Straßenbilder des Hauses aufzurufen, zu dem sie gerade fuhren. Während der Fahrt diskutierten sie ihre Kampftaktik. Sie bogen in ein ruhiges Gebiet der Gentilly Terrace Nachbarschaft ein und entdeckten das Haus in einer langen Straße, die mit quadratischen Backsteinbungalows gesäumt war.

„Dort, auf der linken Seite", sagte Aeric und deutete auf das Haus.

Rhys parkte den SUV auf der gegenüberliegenden Straßenseite und hielt sich nicht damit auf, unbemerkt zu bleiben. In der Sekunde, in der Echo an seine Tür geklopft hatte, hatte Pere Mal wahrscheinlich angefangen, nach den Wächtern Ausschau zu halten.

Rhys schob den Zorn beiseite, der in seiner Brust brannte bei dem Gedanken an Echo, die sich so töricht benahm und Pere Mal freiwillig in die Arme lief. Der Mann hatte sie zweifellos bedroht, ihr gedroht, dass er Tee-Elle töten würde oder Ähnliches. Aber die Tatsache, dass sie Rhys nicht zugetraut hatte, sie zu beschützen, ihre Familie zu beschützen, war ein Stich direkt ins Herz.

Darüber hinaus hatte seine Gefährtin die Angelegenheit für Pere Mal zum Kinderspiel gemacht, wohingegen sie die Aufgabe der Wächter um einiges erschwert hatte.

„Rhys", sprach Aeric ihn an und klopfte ihm auf die Schulter. „Wir müssen den Plan ausführen."

Rhys nickte und schüttelte seine dunklen Gedanken ab, während sie aus dem SUV stiegen. Aeric hielt den verzauberten Dolch, aber alle drei Männer streiften sich Handschuhe über. Der Sonnenaufgang war immer noch ein oder mehrere Stunden entfernt, weshalb die Wächter ganz allein auf der Straße standen und alle Häuser still und dunkel dalagen.

Sie rannten auf leisen Sohlen zur Tür, Gabriel trat die Eingangstür ein und zurück, damit Rhys als Erster eintreten konnte.

„Schei –", begann Rhys, aber ihm wurde das Wort direkt abgeschnitten, als er einen kurzen Moment freien Falls spürte und das leise saugende *Plopp* vernahm. Sie waren direkt in einen Schlupfwinkel getappt.

Rhys hielt taumelnd an, wodurch Gabriel und Aeric gegen seine Schultern krachten, weil sie ihn flankiert hatten. Alle drei versuchten, ihre neue Umgebung schnellstmöglich zu erfassen. Sie befanden sich in einem ganz anderen Haus. Dieses war ein einst prachtvolles Haus im viktorianischen Stil mit bröckelnden Wänden, einem Kronleuchter, der ohne Glas von der Decke baumelte, und einer stattlichen Treppe, der die Hälfte der Stufen fehlte.

Mondlicht strömte durch ein zerbrochenes Fenster neben der Eingangstür und Rhys legte den Kopf schief, um zu lauschen. Das Haus schien leer und still zu sein. Er bedeutete Gabriel und Aeric, ihm zu folgen, als er durch das Erdgeschoss schlich, darauf bedacht, so leise wie möglich zu sein.

Das Haus war riesig. Rhys passierte mehrere Salons und eine weitläufige Küche auf seinem Weg zur Hintertür, die hinaus in einen wild verwucherten Garten führte. Der gesamte Garten war von struppigen Büschen durchzogen, die mindestens doppelt so hoch waren wie Rhys.

„Ein verdammtes Heckenlabyrinth?", seufzte Gabriel, während er auf eine Öffnung in dem grünen Zaun deutete. „Im Ernst? Wo sind wir, in einem Lewis Carroll Roman?"

Rhys ignorierte Gabriels Scherz und lief auf den Eingang des Labyrinths zu, immer den anderen zweien voran. Sie erwischten fast sofort eine Sackgasse. Auf der Hacke kehrtmachend ging Rhys in die andere Richtung. Weniger als eine Minute später stießen sie auf eine weitere Sackgasse, dann noch eine.

„Wo zur Hölle sind wir?", fragte Rhys und schaute hinauf zum Himmel. Die Sonne stand dort hoch und hell, aber die Luft um sie herum war trocken und kühl. Sie waren eindeutig nicht mehr in New Orleans.

„Ich denke… ich könnte mich irren, aber ich denke, wir sind Irland", antwortete Gabriel.

„Warum sollten wir in Irland sein?", fragte Aeric.

„Mere Marie sagte, dass Pere Mal die Tore von Guinee finden möchte, weil er einen Weg ins Reich der Geister sucht. Es gibt allerdings noch viele andere Tore. In Irland gibt es eine ganze Vielzahl, wenn man weiß, wo man suchen muss. Oder falls man zufällig eine Fee kennt, die es einem verrät", erklärte Gabriel. „Und das Wetter passt. Die Luft riecht leicht salzig, als wären wir in der Nähe vom Meer. Ich denke, wir sind in Südirland und unser Freund Pere Mal hat einen Ort gefunden, an dem sich früher die Druiden versammelten und an dem der Schleier am dünnsten ist."

Rhys grunzte, da er kein Interesse daran hatte, an einer spekulativen Debatte teilzunehmen, während seine Gefährtin in Gefahr war. Er blieb in Bewegung und wurde mit jedem Augenblick frustrierter.

Die Wände wurden immer höher und chaotischer, je weiter sie liefen, und schienen sie zu erdrücken, als sie weiter in den Irrgarten vordrangen. Als sie schließlich auf die vierte Sackgasse stießen, fühlte sich Rhys so eingeengt, dass sich Gänsehaut auf seiner Haut ausbreitete und sich die feinen Härchen in seinem Nacken aufrichteten.

„Lass mich", sagte Aeric, als Rhys stoppte und vor Wut und Frust die Fäuste ballte. „Es gibt da einen Trick, glaube ich. Ein Muster."

Rhys warf ihm einen dankbaren Blick zu und nickte und

innerhalb weniger Minuten befanden sie sich tief im Labyrinth und näherten sich der Mitte.

Gabriel stoppte sie beide, hielt eine Hand an sein Ohr und ermutigte sie, ebenfalls zu lauschen.

„Ich weiß es nicht! Ich weiß nichts anderes!", erklang Echos tränenschwere Stimme, schwach, aber unverkennbar.

„Du kannst Pere Mal nicht belügen, Chérie", ertönte die Antwort. „Nenn mir die Namen."

Ein schriller Schrei folgte und Aeric musste Rhys davon abhalten, über die nächste Hecke zu klettern, um zu Echo zu gelangen. Aeric übernahm die Spitze und führte sie um zwei scharfe Abzweigungen. Eine große Lücke in einer Hecke tauchte am Ende der Gasse auf und die Wächter eilten so schnell darauf zu wie es ihnen möglich war, ohne ihre Anwesenheit zu verraten.

„Cassandra!", schluchzte Echo.

Rhys platzte auf die freie Fläche, wo er seine Gefährtin an die riesige Marmorstatue eines weinenden Engels gefesselt vorfand. Echos Arme waren an die ausgestreckten Flügel des Engels gebunden und ihr Oberkörper von den Armen des Engels gefangen.

Pere Mal stand neben ihr und hielt einen langen, dünnen schwarzen Zauberstab in einer Hand und einen zeremoniellen Dolch in der anderen. Zwischen Pere Mal und Echo befand sich ein Stern mit sieben Zacken, der mit Kreide und Salz auf den Boden gezeichnet worden war und in dessen Mitte ein kleiner magischer Spiegel lag.

Zwischen Rhys und Pere Mal standen mindestens ein Dutzend von Pere Mals Männern. Obwohl Rhys mit dem anzuggekleideten Handlanger rangelte, der ihm am nächsten war, trat Pere Mal näher zu Echo, legte den Dolch dicht an ihren Hals und beobachtete die Wächter mit einem Ausdruck milder Neugier.

Rhys zog sein Schwert und tötete in weniger als einer Minute zwei von Pere Mals Männern, ließ sich jedoch ablenken, als Pere Mal Echos Hand mit dem zeremoniellen Messer aufschnitt. Pere Mal ließ ihr Blut auf das Messer tropfen, spritze einen Teil davon auf den Spiegel zu ihren Füßen und beugte sich nah zu ihr, um ihr etwas zuzuflüstern.

Rhys grunzte und stürzte sich auf einen weiteren Bösewicht im Anzug, während er beobachtete, wie Echo den Kopf schüttelte und erbleichte. Pere Mal deutete mit seinem Zauberstab direkt auf Rhys, was diesem gerade genug Zeit ließ, um sich fallen zu lassen und wegzurollen. Ganz knapp konnte er dem bösen Zauber entgehen. Stattdessen traf der Zauber den Handlanger, der sofort zu Boden sackte, mit den Händen an seiner Kehle kratzte und heftig würgte.

„Echo, gib ihm nicht, was er will!", brüllte Rhys und erhob sich hastig auf die Füße. Er hieb mit seinem Schwert nach einem anderen Mann und erwischte ihn sauber in der Mitte.

Noch ein Kerl näherte sich ihm mit einer Pistole und Rhys ging in die Hocke, um in seine Bärengestalt zu schlüpfen. Gabriel schien die gleiche Idee gehabt zu haben, denn nur Augenblicke später befanden sich zwei riesige, tobende Bären auf der freien Fläche und nur noch vier der Handlanger waren übrig. Zwei von Pere Mals Typen drehten sich um und flohen in den Irrgarten, sodass Rhys und Gabriel die anderen zwei niedermachten.

Hinter ihnen zog Aeric den Dolch aus seinem Samtfutter und hielt ihn empor, wodurch er Pere Mals Aufmerksamkeit erlangte.

„Wo hast du das her?", zischte Pere Mal, dessen Schultern sich krümmten. Er lief rückwärts zu dem Ausgang des Labyrinths, wobei er die ganze Zeit mit dem Zauberstab auf Echo deutete. „Ich werde sie töten, wenn du auch nur ein Stück näher kommst."

Rhys ließ sich auf seine Hinterbeine fallen und stieß ein ohrenbetäubendes Brüllen aus. Auf keinen Fall würde er diesen Scheißkerl davonkommen lassen. Er ruckte mit dem Kopf zu Gabriel, der sich daraufhin zwischen Pere Mal und Echo schob und dem Mann dadurch die Möglichkeit nahm, sie zu verzaubern.

Da griffen Rhys und Aeric an. Rhys stürzte nach vorne in dem Versuch, Pere Mal von dem Ausgang fernzuhalten und ihn in Aerics Richtung zu treiben. Aeric rückte nach vorne, wodurch er ihre Beute zwang, sich zwischen einem tödlichen, verfluchten Dolch und einem stinkwütenden Bärengestaltwandler zu entscheiden. Letztlich kehrte Pere Mal Rhys den Rücken zu, da er seinen Zauberstab nutzte, um einen Zauber auf Aeric abzufeuern.

Aeric nutzte den Dolch irgendwie, um den Zauber abzulenken, sodass er in den Irrgarten schoss. Während er derartig abgelenkt war, wandte sich Pere Mal dem Ausgang zu. Rhys hetzte mit einem Brüllen zu ihm und erreichte ihn im Nu.

Gerade als Rhys sich darauf vorbereitete, seine Zähne in Pere Mals Fleisch zu versenken, überraschte ihn dieser, indem er sich umdrehte und auf Rhys *zukam*. Über Rhys' Kopf blitzte Metall auf und dann schlug eine plötzliche Welle aus Schmerz über ihm zusammen.

Rhys schaute nach unten und entdeckte, dass Pere Mal ihm den zeremoniellen Dolch in die Brust gerammt hatte. Rhys knurrte und schlug nach Pere Mal. Zu seiner Überraschung tänzelte Pere Mal nach hinten und wich Rhys Hieb aus.

Rhys wurde erneut überrascht, als er spürte, dass er taumelte, seine Muskeln zitterten und sich verkrampften. Er hatte in seiner Bärengestalt schon viele Wunden erhalten und sie normalerweise problemlos abgeschüttelt. Dieses Mal war es jedoch anders.

Der Schmerz begann sich in seiner Brust und Oberkörper auszubreiten und von dort in seine Arme und Beine zu strahlen. Seine Muskeln zuckten und kontrahierten, seine

Lungen verkrampften sich. Sein Blick trübte sich mit hellen Punkten, dann flackerte er.

Erst als Rhys auf dem Boden zusammenbrach, verstand er.

Er starb.

KAPITEL FÜNFZEHN

Echo

*R*hys, NEIN!"

Der Schrei entriss sich Echos Kehle, als Gabriel in seiner Bärengestalt schwerfällig auf sie zutrabte. Er benutzte seine scharfen Krallen, um die Seile aufzuschneiden, die um ihre Handgelenke und Brust gebunden waren. Echo sah, dass Aeric abermals in dem Labyrinth verschwand und Pere Mal hinterherjagte.

Gabriel begann wieder seine menschliche Gestalt anzunehmen und erschreckte Echo ein wenig mit der starken Veränderung seines Körpers. Sie riss ihren Blick von ihm, als sie davonrannte, um sich neben Rhys zu knien. Ihr Herz sprang ihr in die Kehle, als sie die blutige Wunde auf seiner beharrten Brust sah.

„Scheiße, Scheiße, Scheiße", flüsterte sie und ächzte vor Anstrengung, als sie ihn umzudrehen versuchte.

„Warte, lass mich dir helfen", sagte Gabriel, der neben

ihr auftauchte. Gemeinsam gelang es ihnen, Rhys' Bären auf den Rücken zu rollen.

„Überprüf seinen Puls", forderte Echo Gabriel auf, während sie die klaffende Wunde untersuchte. Blut sickerte aus der tiefen Schnittwunde, aber Echo konnte sehen, dass die Blutung bereits nachließ. Sie war sich nicht sicher, ob das nun hieß, dass Rhys starb oder heilte.

„Ich kann ihn nicht finden", fluchte Gabriel, umfasste den Bärenkopf und suchte entlang seines Kiefers.

„Du bist doch einer von ihnen!", schnappte Echo. „Wieso weißt du das nicht?"

„Das meine ich damit nicht", erwiderte Gabriel. „Ich meine, er hat verdammt nochmal keinen Puls."

Echos Mund wurde trocken. Sie streckte ihre zitternden Hände aus und drückte sie leicht auf Rhys' Wunde. Die Augen schließend konzentrierte sie sich darauf, ihn zu heilen. Die Magie wallte in ihr auf und versuchte, aus ihr zu fließen, aber fand nichts, wohin sie hätte strömen können. Normalerweise sickerte sie einfach in eine Wunde, aber jetzt klappte es nicht.

„Nein, nein, nein", flüsterte Echo, während ihr Tränen in den Augen brannten. Sie versuchte es wieder und wieder, aber ohne Erfolg.

„Echo", sagte Gabriel und berührte ihren Arm.

Sie öffnete ihre Augen, um ihn anzuschauen und festzustellen, dass die Tränen mittlerweile über ihr Gesicht liefen. Als sie ihre Hände von Rhys' Haut zog, erbebte seine Gestalt und verwandelte sich vom Bären zurück zum Menschen. Kein gutes Zeichen, da war sich Echo ziemlich sicher.

„Echo, ich denke… wir sind einfach zu nah am Schleier. Ich denke, er hat ihn bereits durchschritten", sagte Gabriel, wobei er sehr ernst aussah. „Oder er ist kurz davor."

„Fang mit Herz-Lungen-Wiederbelebung an", befahl Echo. „Nur die Herzdruckmassage, okay?"

Gabriel warf ihr einen Blick zu.

„Ich meine es ernst", beharrte Echo. „Und was auch immer du tust, fass mich nicht an, bis ich zurückkomme. Lass nicht zu, dass mich irgendjemand berührt."

„Zurückkommst? Wohin gehst du?", fragte Gabriel, doch Echo hatte ihn bereits aus ihren Gedanken verdrängt.

Die Augen schließend öffnete Echo ihre Sinne. Der Schleier war kein greifbarer Ort, keine Tür, durch die man einfach spazieren konnte, oder ein Schlupfwinkel, den man erkunden konnte. In ihren Gedanken fühlte er sich wie eine große, kalte Welle dicker, feuchter Luft an. Sie hatte noch nie mit ihm zu tun gehabt, aber ihr wurde schnell klar, dass sie sich vorstellen würde müssen, wie sie mit dem Schleier interagierte. Sie würde die Voraussetzungen schaffen und ihr Wille würde durchgesetzt werden.

Echo stellte sich vor, wie sie selbst vor einem riesigen Vorhang stand, der aus glänzend goldenem Samt bestand. In ihren Gedanken teilte sie den Vorhang in der Mitte und kniff die Augen vor dem hellen Licht zusammen, das ihr entgegenschien. Sie schluckte, trat hindurch und spürte, wie sie irgendwie von der Luft hineingesogen wurde.

Das Reich der Geister wollte sie, zog sie zu sich. Also ließ sie sich hineinziehen. In ihren Gedanken führte die andere Seite des Vorhangs in eine dunkle, feuchte Höhle. Ein eisiges Rinnsal rann an ihren nackten Füßen vorbei. Erst da wurde Echo bewusst, dass sie in nichts anderes als ein paar Gazestreifen gehüllt war. Das Geisterreich hatte alles andere abgestreift, sogar in ihren eigenen Gedanken.

Echo spähte in den dunklen Tunnel vor sich und versuchte, einen Pfad zu erkennen. Sie machte einen schweren Schritt nach vorne und keuchte als die Welt um ein Vielfaches dunkler wurde. Das Wasser zu ihren Füßen stieg um dreißig Zentimeter an und schwappte eiskalt gegen ihre Schienbeine. Jetzt war es kein bloßes Rinnsal mehr, sondern ein schnellfließender Strom.

„Rhys?", rief sie. Irgendwo in der Dunkelheit glaubte sie eine kaum wahrnehmbare Bewegung ausmachen zu können.

Noch ein Schritt nach vorne und Echo war vollständig blind. Das Wasser stieg bis zu ihren Schenkeln, kühlte sie bis auf die Knochen und klatschte gegen die Rückseite ihrer Beine, als wolle es sie tiefer in die Höhle schieben. Ihr kam der Gedanke, dass sie sich einfach fallen lassen, sich von der Strömung forttragen lassen könnte…

„NEIN!", sagte Echo und schüttelte sich. „Sei nicht dumm."

Noch ein Schritt und das Wasser reichte bis zu ihren Hüften. Echo schloss die Augen und dachte an Rhys, suchte das Band zwischen ihnen. Sie brauchte einen langen Moment, um es zu finden und daran zu zupfen. Und da war ein antwortendes Pulsieren eines Bewusstseins, eines bestimmten Wissens.

Er war hier und er war in der Nähe.

Echo wappnete sich und machte noch einen Schritt. In ihrem Hinterkopf wunderte sich eine leise Stimme, wie viele Schritte sie sich erlauben durfte, bevor sie ihn aufgeben musste. Eine andere Stimme wunderte sich, ob sie diese Entscheidung überhaupt treffen könnte oder ob sie sich nicht besser von dem Fluss hinwegschwemmen lassen sollte.

Sie dachte plötzlich an ihre Mutter. Ihre Mutter war einst genau hier gestanden, oder nicht? Sie war in eben diesen Fluss gewatet, hatte an dieser Stelle gestanden und versucht, zu entscheiden, wie weit sie gehen sollte, wie viel sie für den Mann, den sie liebte, riskieren sollte.

Und sie hatte alles verloren, oder?

Echo wischte sich mit ihrer Schulter die Tränen von den Wangen und fragte sich, ob sie zurückgehen sollte. Allein die Vorstellung, Rhys hier zu lassen, zerriss ihr die Seele, aber ihr Körper wurde so taub, so schwer. Ihr Herz hämmerte, aber sie war so müde…

„Noch ein Schritt", versprach sie sich mit heiserer Stimme. „Nur noch einer."

Echo trat noch einen Schritt nach vorne und keuchte vor Schock, als das eiskalte Wasser bis zu ihrer Brust sprang. Ihr ganzer Körper zitterte, ihre Beine waren über den Punkt der Taubheit bereits hinaus, ihre Finger wurden zu Eis.

„Rhys!", rief sie. „Rhys, bitte komm zurück zu mir. Ich kann nicht weitergehen!"

Sie zwang ihre Arme mit Müh und Not nach oben und streckte sie vor ihrem Körper aus. Ihre Fingerspitzen kribbelten und irgendetwas in ihr sagte ihr, dass sie ihn jetzt beinahe berührte. So, so nah...

Aber konnte sie das Risiko eingehen? Der nächste Schritt könnte genauso gut ihr letzter sein. Sie könnte weggeschwemmt und für immer ins Reich der Geister getrieben werden.

Von heftigen Schaudern geschüttelt konzentrierte sich Echo noch einmal auf das Gefährtenband. Sie sandte eine stumme Bitte aus, hoffte verzweifelt auf eine Antwort.

Sie fühlte eine leise Antwort am anderen Ende, schwächer als zuvor, aber es war genug, um sie dazu zu ermutigen, noch einen Schritt nach vorne zu machen.

Das Wasser schwoll bis zu Echos Mund an, was dazu führte, dass ihr Herz raste, obwohl ihr Körper sie anflehte, einfach loszulassen und das Unvermeidliche nicht länger zu bekämpfen. Echo zuckte zusammen und streckte ihre Hand aus.

Ihre Fingerspitzen streiften kaltes, festes Fleisch.

Echos Augen flogen auf, obwohl es viel zu dunkel war, um irgendetwas sehen zu können.

Rhys, dachte sie. *Ich weiß, dass du hier bist.*

Nach einer Sekunde ruckte es erneut an ihrem Band. Rhys rief nach ihr, suchte sie.

Echo ließ sich noch ein winziges Stückchen näher zu ihm treiben, ließ das Wasser so weit ansteigen, bis es ihre

Nase zu überschwemmen drohte. Sie tastete um sich und fand Rhys' dicken Arm. Aufregung durchströmte sie bei ihrem kleinen Sieg.

Natürlich war sie so darauf konzentriert gewesen, ihn zu erreichen, dass sie nicht darüber nachgedacht hatte, wie sie ihn zurückbringen sollte. Sie konnte es nicht allein tun, er würde mithelfen müssen.

Beweg dich, dachte sie. *Bitte, bitte beweg dich.*

Sie riss an Rhys' Arm und zu ihrem Schock kam er mit ihr mit und bewegte sich mühelos. *Die Verbindung*, dachte sie. *Solange wir uns berühren, kann er immer noch zurückkommen.*

Echo griff nach unten und verflocht ihre Finger mit seinen. Dann drehte sie sich um und begann sich durch den eisigen Fluss zurück zu kämpfen. Es war sehr viel anstrengender, den Fluss zu verlassen, weil die Strömung mit jeder Sekunde wilder wurde. Echos Muskeln spannten sich an und zuckten, ihr ganzer Körper erzitterte unter dem Kraftakt, der nötig war, um Rhys immer weiter zu führen.

Es fühlte sich an, als hätte die Reise nicht einmal angefangen. Es fühlte sich an, als wären Echo und Rhys nur zwei winzige Staubkörner im Kosmos, unmöglich klein und schwach im Vergleich zur Gewalt des Universums. Sie war ewig in dem Fluss gewesen. Hatte sie jemals etwas anderes gekannt?

Nur das Gefühl von Rhys' Fingern in ihren eigenen spornte sie dazu an, weiterzugehen. Sie konnte sich nicht mehr daran erinnern, warum sie überhaupt lief oder wohin, um genau zu sein, aber sie erinnerte sich daran, dass sie nicht allein war.

Echos Lungen brannten, als sie aus dem Wasser traten, und ihnen wurde irgendwie noch kälter, als sie den Fluss verließen. Als das Wasser wieder nur bis zu ihren Schienbeinen reichte, blickte sie zurück. Da sah sie, dass Rhys' Gesicht totenbleich und seine Lippen blau geworden waren, und sie begann markerschütternd zu schreien, während die Hitze von Tränen auf ihren Wangen brannte.

Nur das umwerfende Smaragdgrün seiner Augen war ein Hinweis darauf, dass er noch lebte.

„Alles gut", murmelte Echo und führte ihn weiter. „Alles gut."

Und dann, ganz plötzlich, unmöglich, waren sie beim Schleier. Echo streckte ihre freie Hand aus, fand den Samtvorhang und teilte ihn. Sie zog Rhys nah zu sich und schubste ihn zuerst hindurch, dann warf sie sich selbst durch die Öffnung.

Echos Augen flogen auf. Sie befand sich auf der freien Fläche und war auf Rhys' Körper zusammengebrochen. Sie zitterte und bebte so heftig, dass sie kaum atmen konnte.

Sie sah hoch und entdeckte, dass Aeric und Gabriel über ihr und Rhys standen.

„Holt… Decken", röchelte Echo. „Heißes Wasser…"

Aeric verschwand und Gabriel ging in die Hocke, um nach Rhys' Puls zu tasten. Er riss seine Hand fluchend weg.

„Er ist eiskalt!"

„Verwandle dich", ächzte Echo. „Halt… ihn… warm…"

Als sie auf Rhys hinabblickte, sah sie, dass sich seine Augen geöffnet hatten und sein grüner Blick ruhig auf ihrem Gesicht lag. Nichts hatte in Echos ganzem Leben jemals so wunderschön ausgesehen.

Ihre Augen schlossen sich langsam und die Welt wurde schwarz.

KAPITEL SECHZEHN

Echo

„Wie viele Kartons kann eine Person nur haben?", ächzte Gabriel, während er einen Armvoll Pappkartons die Eingangstreppen des Herrenhauses hinauftrug.

„Entschuldige, dass ich Habseligkeiten habe", erwiderte Echo und verdrehte die Augen. Sie schleppte eine Klappbox voller DVDs und einen Seesack mit Klamotten und folgte Gabriel ins Haus und die Treppe hinauf zu Rhys' Gemächern.

Auf dem Weg liefen sie an Aeric vorbei, der die Stufen hinabtrampelte, um eine weitere Ladung ihrer Sachen aus dem Umzugswagen zu holen.

„Aber mal im Ernst, wie viel ist da noch?", fragte Gabriel.

„Ich glaube, Aeric holt gerade die zwei letzten Kartons", informierte Echo ihn.

Sie trat in den Wohnbereich, stellte ihre Last ab und bewunderte die gigantische Pyramide aus Kartons. Sie hatte eine Menge ihrer Sachen weggegeben, als sie den Mietvertrag ihrer Wohnung gekündigt hatte, einschließlich ihrer Möbel, aber sie besaß trotzdem noch Allerlei Kram.

Sie hob ein großes gerahmtes Foto hoch, ein Einzugsgeschenk von Tee-Elle. Ihre Mutter war auf der linken Seite abgebildet und hatte ihre Arme um einen Mann geschlungen, den Tee-Elle ihr als Echos Vater vorgestellt hatte. Raymond Caballero, genau so groß und gut aussehend, wie Echo ihn sich in ihren kühnsten Träumen ausgemalt hatte.

Woher Tee-Elle das Foto hatte, wusste Echo nicht, aber sie war sehr froh es zu haben.

„Das wird toll an der Wand aussehen", verkündete Rhys, der mit Aeric ins Zimmer trat und den letzten Karton mit Echos Sachen abstellte.

„Meinst du?", fragte Echo und drehte sich, um Rhys einen abschätzenden Blick zuzuwerfen.

Er war gerade erst vom Privatarzt der Wächter für den aktiven Dienst freigegeben worden und Echo machte sich noch immer Sorgen um ihn. Seine Begegnung mit dem Tod hatte ihm sämtliche Kraft und Energie für über eine Woche geraubt und er hatte Tage gebraucht, bis er richtig zu Bewusstsein gekommen war.

„Das meine ich", bestätigte Rhys, kam zu ihr und drückte ihr einen Kuss auf den Hals. Das leichte Kratzen seines Bartes ließ sie erschauern.

„Denkt ihr zwei, ihr könnt warten, bis wir von hier verschwinden, bevor ihr damit anfangt?", seufzte Gabriel und verschränkte die Arme.

Echo schmunzelte und wedelte mit einer Hand in Gabriels und Aerics Richtung.

„Dann geht. Ich denke, wir sind hier fertig", sagte sie.

„Ich dachte, wir würden uns gemeinsam hinsetzen und darüber reden, das Zweite Licht zu finden", protestierte

Gabriel. „Pere Mal sucht wahrscheinlich bereits seit zwei Wochen nach ihr. Wir hinken weit hinterher."

„Ich bemerke gerade, dass ich auf einmal fürchterlich müde bin", sagte Rhys. Echo konnte erkennen, dass er ein Grinsen unterdrückte. „Muss mich weiter erholen. Anordnung vom Doc."

Gabriel warf die Arme in die Luft und sah hilfesuchend zu Aeric, doch der zuckte bloß mit den Achseln.

„Morgen", sagte Aeric.

Gabriel deutete mit einem Finger auf Echo und Rhys.

„Morgen", beharrte er.

„Selbstverständlich", antwortete Echo grinsend.

Kopfschüttelnd verließen Gabriel und Aeric das Zimmer. Echo wandte sich um und entdeckte Rhys direkt hinter sich. Er streckte seine Hand aus, zog sie fest an seinen Körper und drückte einen heißen Kuss auf ihre Lippen. Sie brauchte mehrere atemlose Sekunden, bis sie zurückwich und ihm einen strengen Blick zuwarf.

„Bist du dir sicher, dass du keine Ruhe brauchst?", erkundigte sie sich.

Rhys antwortete nicht. Er hob ihre linke Hand, drehte sie um und bewunderte einen Moment den funkelnden Diamantring an ihrem Finger, ehe er ihn für einen Kuss an seine Lippen hob.

„Ich bin mir sicher", sagte er und schabte mit den Zähnen über ihren Pulspunkt am Handgelenk.

„Du wirkst bloß so ruhig", erwiderte Echo und betrachtete ihn eindringlich.

„Ich hoffe nur, dass du so froh bist, hier zu sein, wie ich es bin, dich hier zu haben", entgegnete Rhys.

Ihre Blicke kreuzten und hielten sich und Echo ging auf die Zehenspitzen.

„Küss mich und finde es heraus", forderte sie ihn auf und zog eine Braue hoch.

Rhys drückte einen einzelnen Kuss auf ihre Lippen,

bevor er sie hochhob, über seine Schulter warf und eine große Hand mit einem lauten Klatschen auf ihren Po krachen ließ.

„Alles, was die zukünftige Lady Macaulay wünscht", verkündete Rhys.

Echo kicherte, aber wagte es nicht zu protestieren. Sie war in ihrem wundervollen neuen Zuhause, machte sich nützlich in ihrem neuen Job für die Wächter und jetzt war der bestaussehendste Mann aller Zeiten dabei, sie ins Bett zu bringen.

„Du bist also nicht verärgert, dass wir uns heute nicht mit den Männern treffen?", erkundigte sich Rhys und Echo konnte die Belustigung in seiner Stimme hören.

„Morgen", seufzte Echo. „Alles andere kann bis morgen warten."

Und warten würde es.

SCHNAPP DIR EIN KOSTENLOSES BUCH!

MELDE DICH FÜR MEINEN NEWSLETTER AN UND ERFAHRE ALS ERSTE(R) VON NEUEN VERÖFFENTLICHUNGEN, KOSTENLOSEN BÜCHERN, RABATTAKTIONEN UND ANDEREN GEWINNSPIELEN.

kostenloseparanormaleromantik.com

BÜCHER VON KAYLA GABRIEL

Alpha Guardians

See No Evil

Hear No Evil

Speak No Evil

Bear Risen

Bear Razed

Bear Reign

ÜBER DEN AUTOR

Kayla Gabriel lebt in der Wildnis Minnesotas, wo sie, das schwört sie, Gestaltwandler in den Wäldern hinter ihrem Garten sieht. Ihre liebsten Sachen auf der ganzen Welt sind Mini-Marshmallows, Kaffee und wenn Leute ihren Blinker benutzen.

Tritt mit Kayla via E-Mail in Kontakt:
kaylagabrielauthor@gmail.com und vergiss nicht, dir ihr
KOSTENLOSES Buch zu sichern:
http://kostenloseparanormaleromantik.com

http://kaylagabriel.com